中国古代文史经典读本

三曹诗 选评

陈庆元　撰

上海古籍出版社

图书在版编目(CIP)数据

三曹诗选评 / 陈庆元撰.—上海:上海古籍出版
社,2018.6(2022.7重印)
(中国古代文史经典读本)
ISBN 978-7-5325-8832-9

Ⅰ.①三… Ⅱ.①陈… Ⅲ.①曹操(155—220)—诗
歌研究②曹丕(187—226)—诗歌研究③曹植(192—232)
—诗歌研究 Ⅳ.①I207.22

中国版本图书馆 CIP 数据核字(2018)第 093996 号

中国古代文史经典读本

三曹诗选评

陈庆元 撰

上海古籍出版社出版发行

(上海市闵行区号景路 159 弄 1—5 号 A 座 5F 邮政编码 201101)

(1)网址:www.guji.com.cn

(2)E—mail:gujil@ guji.com.cn

(3)易文网网址:www.ewen.co

常熟市人民印刷厂印刷

开本 787×1092 1/32 印张 10.375 插页 2 字数 135,000

2018 年 6 月第 1 版 2022 年 7 月第 3 次印刷

印数:4,601—5,900

ISBN 978-7-5325-8832-9

I·3274 定价 30.00 元

如有质量问题,请与承印公司联系

出 版 说 明

　　上海古籍出版社成立六十多年来形成了出版普及读物的优良传统。二十世纪，本社及其前身中华书局上海编辑所策划、历时三十余年陆续出版的《中国古典文学作品选读》与《中国古典文学基本知识》两套丛书各八十种，在当时曾影响深远。不少品种印数达数十万甚至逾百万。不仅今天五六十岁的古典文学研究者回忆起他们的初学历程，会深情地称之为"温馨的乳汁"；而且更多的其他行业的人们在涵养气度上，也得其熏陶。然而，人文科学的知识在发展更新，而一个时代又有一个时代的符号系统与表达、接受习惯，因此二十一世纪初，我社又为读者奉献了一套"新世纪文史哲经典读本"，是为先前两套丛书在新世纪的继承与更新。

　　"新世纪文史哲经典读本"凝结了普及读物出版多方面的经验：名家撰作、深入浅出、知识性与可读性并重固然是其基本特点；而文化传统与现代特色的结合，更是她新的关注点。吸纳学界半个世纪以来新的研究成果，从中获得适应新时代读者欣赏习惯的浅切化与社会化的表达；反俗为雅，于易读易懂之中透现出一种高雅的情韵，是其标格所在。

　　"新世纪文史哲经典读本"在结构形式上又集前述两套丛书之长，或将作者与作品（或原著介绍与选篇解析）乳水交融地结合为一体，或按现在的知识框架与阅读习惯进行章节分类，也有的循原书结构撷取相应内容并作诠解，从而使全局与局部相映相辉，高屋建瓴与积沙成塔相互统一。

　　"新世纪文史哲经典读本"更是前述两套丛书的拓展与简约。其范围涵盖文学经典、历史经典与哲学经典，希望用最省净的篇幅，抉示中华文化的本质精神。

　　该套丛书问世以来，已在读者中享有良好的口碑。为了延伸其影响，本社于 2011 年特在其中选取十五种，请相关作者作了修订或增补,重新排版装帧,名之为"中国古代文史经典读本",以飨读者。出版之后,广受读者的好评,并于2015年被评为"首届向全国推荐中华优秀传统文化普及图书"。受此鼓舞,本社续从其中选取若干种予以改版推出,并得到国家有关部门的支持,多种获得2016年普及类古籍整理图书专项资助。希望改版后的这套书能继续为广大读者喜欢,为弘扬中华优秀传统文化作出贡献。

上海古籍出版社

2017年6月

目　　录

曹丕

047 / **导言**

曹植

导言

前　　言

昼携壮士破坚阵，夜接词人赋华屋。

这是唐初诗人张说《邺中引》中的两句诗，概括、形象地再现了曹操白天率军破敌，夜晚接引词人赋诗的情景。宋代文学家苏轼在他的散文名篇《赤壁赋》中也写道：

> "月明星稀，乌鹊南飞"，此非曹孟德之诗乎？……方其破荆州，下江陵，顺流而东也，舳舻千里，旌旗蔽空，酾酒临江，横槊赋诗……

"月明星稀"二句，见曹操《短歌行》。《短歌行》并非写在赤壁之战时（后来《三国演义》有一章写"宴长江曹操赋诗"可能受苏轼这篇散文影响），而究苏轼的本意，曹操当然是一位既能横槊破阵，又能酾酒赋诗的一代枭雄。集政治家、诗人、军事家于一身，是曹操这位历史人物的最大特点。诗人曹丕、曹植在武功方面当然没有他们的父亲那样壮伟，但是在他们还是孩童的时候，曹操便有意识地培养、锻炼他们适应战争环境的能力，每有征战，常令他们相随。曹丕八岁能骑射，十岁时他的兄长曹昂、从兄安民被张绣所杀，曹丕则因善骑而脱险。曹植年纪更小一些，但也耳濡目染曹操的治军用兵之术，直至明帝太和年间，他还发愿西却蜀汉、东平孙吴，即便首身异处，也在所不辞。

东汉末年，黄巾起义、董卓之乱相继发生，汉王朝岌岌可危，群雄纷争，战乱不断，社会遭到空前的破坏，同时，传统的儒家思想也受到严重的冲击。在这样的历史背景下，曹操崛起于中原，凭借他的雄才大略和深厚的文化素养，成了一代杰出的政治家和诗人。动乱和战争为曹操成为政治家、军事家提供了历史舞台；而动乱和战乱，以及个人特殊的经历，也铸成了以"三曹"为代表的建安诗坛的慷慨悲凉的时代风格。

　　"三曹"和其他建安诗人,他们的诗歌一方面反映了社会动乱、战争频仍所造成的极大破坏及给人民所带来的空前灾难,一方面又表现积极建功立业的理想和抱负,所以许多建安文学研究者常常引用刘勰《文心雕龙·明诗》中一段话来支撑自己的观点:

　　　暨建安之初,五言腾涌。文帝、陈思纵辔以骋节;王、徐、应、刘,望路而争驱;并怜风月,狎池苑,述恩荣,叙酣宴,慷慨以任气,磊落以使才。造怀指事,不求纤密之巧;驱辞逐貌,唯取昭析之能:此其所同也。

慷慨任气,磊落使才,的确很能概括"三曹"和其他诗人反映社会动乱和战争以及表现建功立业的思想。这些内容,也确是"三曹"和其他建安诗人诗歌创作的主流。但是,刘勰又提到"怜风月,狎池苑,述恩荣,叙酣宴"这样一些文学活动,也就是说"三曹"和其他建安诗人的作品,除了反映社会动乱和战争、表现建功立业的内容之外,还有一部分则是抒发个人情怀或游宴之作。建安五年（200）官渡之战以后，曹操逐渐统一北方，北方的社会生活逐渐安定，加上曹操任用文士策略的成功，使得在战乱尚未完全平息的情况下游宴赋诗成为可能。曹操是第一位有意识创作歌诗让人在宴会上演唱的诗人，他的这些作品既有统一中国的宏大志气，也带有浓厚的娱乐成分。建安十六年（211），曹丕为五官中郎将、副丞相，聚集在他和曹植身边的有一大批文人，西园游宴，赋诗唱和，形成邺下文人集团，曹丕也成了当然的、新一代的文人领袖。曹丕即位之后，曹丕和曹植的身份都发生很大的变化，一个成了皇帝，一个成了被皇帝猜忌倾轧的臣子。曹丕自然可以过着悠游逍遥的生活，他除了关心对蜀吴的用兵，还可以做些缠绵的男女恋情诗。曹植的日子显然就不好过了，希图建功立业的远大抱负在曹丕的压制下被碾得粉碎。不仅如此，他还得时时提防曹丕、曹叡父子对他的加害，于是，他就借助诗歌这种文学形式来嗟叹忧生。总之，"三曹"诗歌的内容是相当丰富多样的。

东汉末年，出现了数量并不太少的文人五言诗，后经梁昭明太子加以取舍,将其中的十九首编入《文选》,并取名《古诗十九首》。《古诗十九首》的出现,标志着中国古代五言抒情诗的成熟。而建安时期,则是五言腾踊的时代,曹操、曹丕、曹植五言诗都做得很好,尤其是曹植,五言诗更是"建安之杰"。《古诗十九首》都没有具体的诗题,曹操的诗歌全部是乐府诗,而曹丕、曹植兄弟的五言诗大部分都有具体的诗题。"三曹"对《古诗十九首》的发展,更重要的是表现在他们抒情诗的个性化方面。宋敖陶孙评曹操、曹植诗说:"魏武如幽燕老将,气韵沉雄。曹子建如三河少年,风流自赏。"(《敖器之诗话》)他未及评曹丕诗,我们是否可以这样说:魏文如楼头思妇,华丽幽怨。有人曾认为,曹操是改造文章的师祖,依我们看,他也是改造乐府诗的师祖,《蒿里》和《薤露》原本都是挽歌的曲子,曹操却无丝毫的顾忌,用它来写时事,写战争。在他的带动下,曹丕和曹植也不示弱,他们甚至还自创乐府新题进行创作。两汉乐府诗多出民间之手(郊庙歌辞、房中乐之类例外),有些则经过文人加工。曹操、曹丕、曹植对汉乐府民歌的养分都加以充分地吸收，成为两汉以来文人乐府诗成就最高的几位诗人。他们《诗经》的修养也很好，所创作的一系列名篇是《诗经》以来四言诗的又一个高峰。他们并不仅仅满足于五言、四言的成就，尤其是曹丕，他对诗歌语言形式方面做了很多有益的尝试，他还写过一些六言、七言和杂言诗。从曹操诗的古朴雄浑，到曹丕的便娟婉约，到曹植的词采华茂，我们看到了建安诗人的艺术追求。曹操、曹丕、曹植诗歌气象和艺术追求各不相同，固有各自禀赋和经历不同的原因，但从整个建安诗发展流变来看，对艺术的追求则是一种进步。

建安与开元、天宝，是中国诗史上两个最为重要的发展时期，历来为研究诗史的专家、学者所津津乐道。建安文学繁荣的原因比较复杂，我们不准备详论，但正如开元、天宝不可能没有李白、杜甫一样，建安诗坛假如没有"三曹"将是不可思议的，或者说也就不成其为建安诗坛了。诗歌史有时就是这样不可思议，当一个时期缺少那么几个、甚至一两个最重要的诗人，它就要减却、甚至失去它的光辉。诗歌史称李白、杜甫为双子星座，我们是否可以说曹操、曹丕、曹植是建安乃至魏晋文学的并峙三峰？文学史上三个诗人或文学家并称的，除了"三曹"，还有西晋的"三张"（张载、张协、张亢），南朝宋齐的"三谢"（谢灵运、谢惠连、谢朓），南朝梁的"三何"（何逊、何思澄、何子朗），宋代的"三苏"（苏洵、苏轼、苏辙），明代的"三袁"（袁宗道、袁宏道、袁中道），清代的宁都"三魏"（魏祥、魏禧、魏礼）等。以上数组诗人或文学家，在文学史上能三人都成为坐标峰峦的恐怕不多。诗史上"三曹"并称由来已久，学术界老前辈余冠英先生早在数十年前就编选了一部《三曹诗选》（人民文学出版社，1956 年版），近二十年前张可礼先生编著了《三曹年谱》（齐鲁书社，1983 年版），近年来冠以"三曹"的诗文选本和研究著作也不断涌现。本书的选评，吸收了余冠英、张可礼诸先生的不少研究成果，限于体例，未能一一注明。选评中有不当之处，敬请专家读者指正。

曹　操

导　　言

　　曹操（155—220），一名吉利，字孟德，小字阿瞒。沛国谯（今安徽亳县）人。他的父亲曹嵩，本姓夏侯，为中常侍曹腾的养子。曹嵩虽然官至太尉，他的出身一直遭人诟病，曹操当然也受到牵连，甚至被人骂成"赘阉遗丑"。曹操这样的出身，一方面使他在年轻的时候就有机会步入仕途，接触社会，另一方面又激励他练武习文，掌握一些实际的本领，以应对社会。

　　时势造英雄，汉灵帝中平元年（184），黄巾起事，在征讨颍川黄巾和为济南相、东郡太守的过程中，进一步锻炼了曹操治军和处理政事的本领。中平六年（189），灵帝卒，董卓入洛阳，立献帝。曹操变易姓名，潜至陈留，散家财募兵，异军突起，并在军阀混战中不断壮大自己的力量。建安元年（196），曹操迎献帝建都洛阳，"挟天子以令诸侯"，号令天下。作为政治家，曹操此时已日趋成熟。建安十三年（208），曹操为丞相；十八年（213），封魏公，二十一年（216），进爵魏王；二十五年（220）正月病卒。

曹操的诗歌创作，可能始于任济南相之时或更早些。《对酒》、《度关山》等诗表达了他早期的政治理想：天地间以人为贵；和平安定的社会环境；重礼法赏罚；生产应有积蓄以预防自然灾害；尊老爱幼的社会风尚；等等。虽然有些理想化，但可以看出他的理性精神。史传上说曹操"御军三十余年，手不舍书，昼则讲武策，夜则思经传，登高必赋，及造新诗，被之管弦，皆成乐章"。现存的二十多首诗，都是在董卓之乱后写的。《薤露行》、《蒿里行》，跨度长达数年，堪称汉末大动乱和讨董实录，可称"诗史"。"白骨露于野，千里无鸡鸣"，读后令人肝肠寸断。此后，曹操在平高干、征乌桓中写下了《苦寒行》和《步出夏门行》。战争是那样残酷无情，征战的条件是那样的艰苦险恶，风雪失路，溪谷受饥，主帅稍有动摇,将功亏一篑;而一次次征讨的胜利,则增强了曹操的信心,熔铸了他包融日月的宽广胸怀:"日月之行,若出其中。星汉灿烂,若出其里。"像"老骥伏枥,志在千里",则早已成为激励古往今来志士仁人的警句格言。赤壁之战的失利,对曹操无疑是一个很大的打击,但作为一个冷静的政治家,他并没有被吓倒,也没有退却。用于宴会歌唱的《短歌行》说:"周公吐哺,天下归心。"三国鼎立的局面虽然已经形成,但得贤才者必能得天下,曹操仍然很有信心。

乱世不仅把曹操造就成为一代英雄,也造就他成为有独特个性和风格的诗人。"设使国家无有孤,不知当几人称帝,几人称王",他在《让县自明本志令》一文中出语惊人,但说的却是大实话。建安时期曹操的地位很特殊,在整个国家的政治生活中,地位又很重要。在他的诗文中,他常常把自己比成周公,或者是称霸于诸侯的齐桓公。建安二十年(215),曹操以六十高龄西征张鲁,《秋胡行》(晨上散关山)虽然有浓厚的游仙成分,反映的心情比较复杂,但篇末仍显露出曹操诗特有的"霸气"。钟嵘评曹操诗说:"曹公古直,甚有悲凉之句。"
"古直",一方面是说曹操的诗比较接近汉乐府诗和《古
诗》,较为古朴,不事雕绘;另一方面则是对渐趋华丽、
注重文采的曹丕、曹植而言,同为建安诗人,曹操的诗风
和曹丕、曹植明显不同。

陈琳章表书记作得很好,曹操说可以治他的头风
病,史家所记也许稍有夸大,但曹操看重文士、重用文
士当是事实。建安文学的繁荣发展,原因是多方面
的,但与曹操大力提倡是分不开的。曹丕、曹植兄弟
从小跟随曹操征战,曹操从来没有忘记对他们文才的
培养,曹丕、曹植从小就诵读大量诗文,并能写文章。
曹操有时还举行家族性的文学活动,锻炼后辈的创作
能力。邺城铜雀台初成,他率群从子侄而至,命每人
作一篇《铜雀台赋》。曹操是建安文学的领袖。建安
文学的成就,曹丕、曹植的文学成就,都是与他的大力
提倡分不开的。

对　酒①

　　对酒歌,太平时,吏不呼门②。王者贤且明,宰相股肱皆忠良③。咸礼让,民无所争讼④。三年耕有九年储,仓谷满盈。班白不负戴⑤。雨泽如此,百谷用成。却走马,以粪其土田⑥。爵公侯伯子男⑦,咸爱其民,以黜陟幽明⑧。子养有若父与兄⑨。犯礼法,轻重随其刑。路无拾遗之私。囹圄空虚⑩,冬节不断⑪。人耄耋⑫,皆得以寿终。恩泽广及草木昆虫。

① 对酒:乐府诗题,属《相和歌辞·相和曲》。

② 呼门:大声叫门。

③ 股肱:喻辅佐帝王的臣子。股,大腿;肱,胳膊。

④ 讼:打官司。

⑤ 班白:即斑白,或作颁白,指花白头发的老人。　负戴:背负头顶,指重体力劳动。

⑥ 却走二句:意指善跑的好马退而耕田。却,引退。走,跑。

粪,用作动词,指施肥。

⑦ 公侯伯子男:古代的五种爵位。

⑧ 黜陟幽明:贬退拙劣之徒,迁升优秀人才。幽明,指人的拙
   劣与优秀。

⑨ 子养:养之如子。

⑩ 图圄:监狱。

⑪ 冬节不断:冬至日无罪犯可判决。冬节,冬至日。

⑫ 耄耋:老人。年九十曰耄,八十曰耋。

　　从内容看,这首诗当是曹操早年的作品。汉灵帝中
平元年(184),曹操为济南相,大力整肃吏治,禁断淫
祀,除残去秽,平心选举,史称"政教大行,一郡清平"。
曹操自年少起就有远大的理想抱负,初治一郡,只是小
试牛刀而已。经过一郡的治理,曹操对太平盛世有了自
己的理解和看法,本诗抒写的就是他的理想。诗的文字
不多,但涉及的范围很广:君臣关系、礼法、和平安定的
环境、生产与积蓄、赏罚、尊老爱幼的伦理等。从这首诗
中,我们还看到曹操的实用理性精神,在传统的诸子百

家中,他并不专宗一家,如"三年耕有九年储",出《礼记·王制》:"国无九年之储,谓之不足";"班白不负戴",即《孟子·梁惠王上》"颁白者不负戴于道路";"却走马"二句用《老子》"天下有道,却走马以粪"。

本篇是一首杂言诗,三言、四言、五言、六言、七言、八言杂用,句式灵活,文字通俗。"对酒"是曹操自创的乐府新题,即新歌,故不受前人任何约束,体现了曹操创新的精神。曹操还有一首自创新题的乐府诗《度关山》:

天地间,人为贵。立君牧民,为之轨则。车辙马迹,经纬四极。黜陟幽明,黎庶繁息。於铄贤圣,总统邦域。封建五爵,井田刑狱。有燔丹书,无普赦赎。皋陶甫侯,何有失职?嗟哉后世,改制易律。劳民为君,役赋其力。舜漆食器,畔者十国,不及唐尧,采椽不斫。世叹伯夷,欲以厉俗。侈恶之大,俭为共德。许由推让,岂有讼曲?兼爱尚同,疏者为戚。

这首诗的句式没有《对酒》灵活,文字似也稍逊,但在表达政治理想方面也有自己的特色,包含的思想也很丰富,例如墨家汉以后重视的人不多,而这首诗的"兼爱"、"尚同",则是《墨子》的篇名,也是墨家的重要思想。

薤 露 行①

　　惟汉二十世②,所任诚不良③。沐猴而冠带④,知小而谋强⑤。犹豫不敢断,因狩执君王⑥。白虹为贯日⑦,己亦先受殃⑧。贼臣持国柄⑨,杀主灭宇京⑩。荡覆帝基业,宗庙以燔丧⑪。播越西迁移⑫,号泣而且行。瞻彼洛城郭,微子为哀伤⑬。

---

① 薤露行:乐府诗题,属《相和歌辞·相和曲》。《薤露行》和下面一首《蒿里行》原都是出殡时挽枢者所唱的挽歌,曹操用它们来写时事。

② "惟汉"句：从汉高祖刘邦到汉灵帝刘宏，共二十二世，"二十"取其成数。

③ 所任：所任者，指汉灵帝所任用的大将军何进。

④ 沐猴冠带：猕猴戴官帽穿官服。喻小人得志。

⑤ 知小谋强：说何进才智弱小却硬要办大事。知，通"智"。

⑥ "犹豫"二句：灵帝死后，大将军何进召董卓入京谋诛宦官，事败反被杀。按，袁术等起兵攻宦官，宦官劫持少帝刘辩出走洛阳北面的小平津，后又被董卓劫回京城洛阳。狩，巡狩，隐指国君被劫在外。

⑦ 白虹贯日：古人以天象附会人事，认为白虹贯日将有危害君主导致朝廷大乱之事发生。

⑧ 己：指何进。

⑨ 贼臣：指董卓。中平六年九月，董卓废刘辩为弘农王，立陈留王刘协(时年九岁)为帝，是为汉献帝。董卓又杀何太后，自任太尉。

⑩ 灭宇京：指董卓纵兵焚烧京城洛阳。

⑪ 燔：焚烧。

⑫ 播越：长途迁徙。初平元年(190)，各州郡起兵讨伐董卓，董卓胁迫献帝迁都长安，强行迁徙百万吏民随往，并焚烧

洛阳宫室,发掘帝陵。

⑬ 微子:名启,商纣之庶兄。周武王灭商,封微子于宋国。后微子路过朝歌,见殷商宫室成了废墟,长出禾黍,作《麦秀之歌》以表哀伤。

汉末灵帝、献帝之际,何进谋诛宦官,董卓废杀少帝,献帝西迁,洛阳遭受焚烧,都是重大的历史事件,曹操用乐府旧题写时事,是一大创举,也是对乐府文学发展的一大贡献。

前人称曹操的诗为"诗史",大约是就《薤露行》、《蒿里行》一类作品而言。说它是诗,因为具备诗的形式和特质;说它是史,又因为反映了灵、献之际的诸多重要历史事件。也就是说,用诗的形式载述、反映历史。这一传统始于《诗经》,《大雅》中就有诸如《生民》一类诗篇可视为周民族的史诗。曹操的这类诗作,一方面是继承了这一传统;另一方面,《薤露行》还发扬了汉乐府民歌"感于哀乐,缘事而发",重在叙事的传统,通过叙事而抒写诗人的情感。在形式方面,《诗经》多为四言,汉乐府多为五言,《薤露行》等也是五言,应与汉乐府为近。曹操四言诗也写得很好(详《短歌行》等篇),但他的五言诗,对开创建安诗坛"五言腾踊"的局面,却起了无法估量的重要作用。

建安诗人描述董卓之乱的作品,王粲的一首《七哀诗》也很有名:

> 西京乱无象,豺虎方遘患。复弃中国去,委身适荆蛮。亲戚对我悲,朋友相追攀。出门无所见,白骨蔽平原。路有饥妇人,抱子弃草间。顾闻号泣声,挥涕独不还。未知身死处,何能两相完?驱马弃之去,不忍听此言。南登霸陵岸,回首望长安。悟彼下泉人,喟然伤心肝。

此诗的写作时间可能比曹操的《薤露行》要晚一些。王粲选取了动乱中的一个细节,捕捉的是一个特写镜头——饥妇人抱子弃草间,以此来反映动乱给人民带来的巨大灾难,这是非常感人的。但它虽然和《薤露行》一样同是对整个社会命运的关注,却没有诸多历史事件来龙去脉的载述,也没有全局性的、全景观式的把握和描写。因此,它虽然也是建安诗中的佳构,但还是有别于"诗史"的另一类型的优秀作品。

善 哉 行①

自惜身薄祜②,夙贱罹孤苦③。既无三徙教④,不闻过庭语⑤。其穷如抽裂⑥,自以思所怙⑦。虽怀一介志⑧,是时其能与⑨?守穷者贫贱⑩,惋叹泪如雨⑪。泣涕于悲夫⑫,乞活安能睹?我愿于天穷⑬,琅邪倾侧左⑭。虽欲竭忠诚,欣公归其楚⑮。快人由为叹⑯,抱情不得叙⑰。显行天教人⑱,谁知莫不绪⑲。我愿何时随⑳,此叹亦难处。今我将何照于光曜㉑,释衔不如雨㉒。

① 善哉行:乐府诗题,属《相和歌辞·琴调曲》。

② 祜(hù):福。

③ 夙(sù)：早年。　罹：遭受。　孤：指丧父。曹操父曹
　嵩,官至太尉。董卓之乱,避难琅琊,兴平元年(194)为陶
　谦所害。

④ 三徙教：孟子幼时,其母曾三次迁徙择邻,目的是让他从小
　学好。

⑤ 过庭语：孔子的儿子孔鲤,经过庭中,孔子一个人在那里,
　就问孔鲤学习《诗经》的情况,并说:"不学诗,无以言。"又
　一次,问及学礼的情况时说:"不学礼,无以立。"

⑥ "其穷"句：意为痛苦无奈之极心如抽、头欲裂。

⑦ 怙(hù)：此指丧父而无依无靠。

⑧ 一介志：一点小志向。

⑨ "是时"句：意为时世难道能给我这样的机会吗? 与,
　同"欤"。

⑩ 穷：困窘。

⑪ 惋叹：悲叹。

⑫ 于：亦作"於",有呼喊之意。

⑬ 于：通"吁"。天穷：疑为"天穹"。

⑭ 琅邪：即琅琊,山名。操父曹嵩在琅琊被陶谦杀害。

⑮ "欣公"句：意指兴平二年(195),长安乱,汉献帝从董卓原

部将李傕、郭汜手中逃出；建安元年（196），东还洛阳。典
出《穀梁传·襄公九年》鲁襄公自楚归国事。

⑯ 快人：喜人。　由：同"犹"。

⑰ 抱情：怀抱忠情。按，建安元年正月，曹操曾派曹洪西迎献
帝，但遭董承及袁术将苌奴所拒。

⑱ 显行：公开执行。　天：指天子。

⑲ 绪：余绪。

⑳ 随：顺。此指实现。

㉑ 光曜：日月。

㉒ 释衔：解除胸中忧愁。

　　本篇作于建安元年（196），所写为兴平元年（194）至
建安元年曹嵩被杀至献帝东归洛阳三年间事。

　　曹操的《善哉行》有两首，另一首为四言，内容是歌
咏古代的哲王贤臣。《善哉行》的古辞，原本歌咏人命
不可保，当见亲友，寻觅长年之术，与神仙王乔八公共
游。而曹操此篇则不仅写时事（迎汉献帝），而且自叙
身世。朱乾《乐府正义》卷八云："此篇内痛父死，外悲

君难。"比起《薤露行》、《蒿里行》等，抒情的意味似较浓厚。

建安五年（200），陈琳曾作《为袁绍檄豫州》文，痛骂曹操祖曹腾、父曹嵩。袁绍败后，陈琳归曹操。曹操责问陈琳："卿昔为本初（袁绍字）移书，但可罪状孤而已，恶恶止其身，何乃上及父祖邪？"可见曹操对他父祖的声名还是很在乎的。从这一首诗我们也可以看出，曹操对父亲有着很深的情感。曹嵩被杀，曹操已经四十岁，且位至将军、领兖州牧，无论是政治上还是军事上都已经相当成熟，但他仍因父亲亡故不得听其庭训而伤心不已，为从此失去父亲的依靠而悲痛欲绝，甚至达到呼天抢地的地步。以前有关曹操诗文的选本大多忽略这一篇，其实从这首诗我们不仅可以更多地了解曹操的身世，而且从中也可以看出他其实也是一个很重亲情的性情中人。

"外悲君难"，表面上是对年小的献帝自即位后不断地被挟持、颠沛流离的悲叹，其实，其中又隐含着自己建功立业的理想抱负一时尚难施展的感叹。前人常用

"慷慨"一词来形容建安诗歌,特别是曹操的诗歌。什么叫"慷慨"?《说文》曰:"壮士不得志于心也。"所以,对壮志难酬情感的抒写,诗歌本身就具有慷慨悲凉的情调。《善哉行》是曹操较早叙写建功立业的诗歌,尽管他在不同时期都有这类作品,在内容上也有这样那样的差异,但其慷慨悲凉的诗风大体上还是一致的。

蒿 里 行①

关东有义士②,兴兵讨群凶③。初期会盟津④,乃心在咸阳⑤。军合力不齐,踌躇而雁行⑥。势利使人争,嗣还自相戕⑦。淮南弟称号⑧,刻玺于北方⑨。铠甲生虮虱,万姓以死亡。白骨露于野,千里无鸡鸣。生民百遗一,念之断人肠。

① 蒿里行:参见《薤露行》注。
② 关东:函谷关以东。 义士:指关东征讨董卓的将领。

③ "兴兵"句：初平元年(190)正月,后将军袁术、冀州牧韩
馥、豫州刺史孔伷、兖州刺史刘岱、河内太守王匡、渤海太
守袁绍、陈留太守张邈、东郡太守桥瑁、山阳太守袁遗、济
北相鲍信同时起兵讨伐董卓,推袁绍为盟主。曹操时任奋
武将军。

④ 盟津：即孟津,相传为周武王当年伐纣会合诸侯之地。故
地在今河南孟县南。

⑤ 乃心：其心。咸阳,故址在今陕西咸阳东。这句意思说：
州郡诸将心里想的却是自己攻入长安,好挟持天子,号令
天下。

⑥ 踌躇：犹豫不前。　雁行：飞雁行列。形容州郡军队列阵
观望,谁也不肯进击。

⑦ 嗣还(xuán)：后来不久。　相戕(qiāng)：相互残杀。

⑧ "淮南"句：袁绍从弟袁术于建安二年(197)在寿春(今安
徽寿县)称帝号。

⑨ "刻玺"句：初平二年(191)袁绍谋废献帝,立幽州牧刘虞,
刻作金玺。玺,皇帝所用印章。

建安二年(196)春,袁术称帝;九月,曹操东征袁

术,术败。此诗当作于征袁术还许都后,也可能作于次年。

　　本篇与《薤露行》可以视作姐妹篇,所用都是原本为挽歌的乐府诗题,都是写汉末动乱,而且时间上又是相接续的。但《薤露行》所写集中在董卓初乱的一两年间,时间跨度小;本篇则从初平元年(190)关东州郡起兵起,一直写到征讨在淮南称帝的袁术,前后将近十年。董卓之乱的恶果,是汉末大乱。表面上看,州郡将领都起来讨董,实际上却人各异心。将近十年发生许多事件,而本篇则仅选取讨董、袁绍袁术兄弟的拙劣表演(一个想废献帝,一个干脆自称帝号)几个最富有代表性的事件加以载述而已,以少总多,以个别概括一般。

　　前人在评价曹操诗时经常用"古直悲凉"四字,这首《蒿里行》也具有这一特点。古直,即浑朴率直,诗歌的语言不假雕琢。作诗虽然也讲章法(如本篇的先扬而后抑),但更讲究的是整首诗的浑然一体。从兴兵讨董,到会盟,到进军心力不齐,到袁绍袁术兄弟的野心,到连年不断的战争,到百姓成千上万的死亡而暴骨荒野,诗人的悲伤一路写来,毫不做作。悲凉,一方面是由于"世积乱离"(刘勰语)即连年不断战乱所造成的,另一方面则是诗人对百姓的同情心使然,诗人长期征战,见到的死亡、见到荒野的白骨也就比一般人多,"白骨露于野,千里无鸡鸣"两句,文字虽然十分浅白,但倘若没有经历过长期征战,没有实际体验,是绝难写得出来的。

苦 寒 行①

　　北上太行山②,艰哉何巍巍。羊肠坂诘屈③,车轮为之摧。树木何萧瑟,北风声正悲。熊罴对我蹲④,虎豹夹路啼。溪谷少人民,雪落何霏霏。延颈长叹息⑤,远行多所怀。我心何怫郁⑥?思欲一东归。水深桥梁绝⑦,中路正徘徊。迷惑失故路,薄暮无宿栖⑧。行行日已远,人马同时饥。担囊行取薪,斧冰持作糜⑨。

悲彼东山诗⑩,悠悠使我哀。

① 苦寒行:乐府诗题,属《相和歌辞·清调曲》。

② 太行山:北起河北拒马河谷,南至山西、河南边境黄河沿岸。时曹操自邺(今河北临漳南)往攻高干;干拒守壶关(今山西长治东南),必须北上经过太行山。

③ 羊肠坂:在壶关东南。　诘(jié)屈:盘旋弯曲。

④ 罴(pí):一种大熊。

⑤ 延颈:伸长脖子。

⑥ 怫(fú)郁:忧愁苦闷。

⑦ 绝:指无桥梁可通。

⑧ 薄暮:傍晚。

⑨ 斧冰:用斧凿冰。　糜(mí):粥。

⑩ 东山诗:《诗经·豳风》篇。据传,周公东征,三年而归。诗中有"我徂东山,慆慆不归"等句,描写战士行役之苦及久不得归。

　　这首诗写于建安十一年(206)春。建安十年,曹操征袁谭,攻南皮,平定冀州;接着又征乌桓,逼使乌桓奔走出塞。袁绍甥高干原为并州牧，曹操拔邺，干降，为刺史。高干听说曹操征讨乌桓，以州叛，并执上党太守，举兵守壶关口。曹操派遣乐进、李典进击高干，受阻。建安十一年正月曹操亲征高干，围壶关三个月，拔壶关。诗当作于出兵途经太行山时。

　　《薤露行》、《蒿里行》和这首《苦寒行》都涉及汉末历史事件，都是汉末社会历史的实录。但前两首写的事件多，时间跨度大，而这首诗仅写征高干一事，而且只选取征战途经太行之苦落笔，所以描写也更细致深刻。山高巍巍，一苦；道路诘屈，二苦；北风正劲，三苦；猛兽可怖，四苦；雪落霏霏，五苦；水深绝梁，六苦；薄暮无宿，七苦；饥饿，八苦；薪炊不易，九苦。《苦寒行》也是曹操自创的乐府，以苦寒概括苦饥、苦行路之难，借以表现行役之苦。诗中穿插两处直接抒情的句子，一是"延颈长叹息"四句，一是"悲彼东山诗"两句，反复强调征役之苦。这种苦是几欲令人丧失信心之苦，由此突出战争的残酷，从中更见最后击败高干的不易。全诗的格调沉郁而非昂扬，读后令人荡气回肠，感叹不已。

曹操还有一首《却东西门行》，也是写行役的：

> 鸿雁出塞北，乃在无人乡。举翅万余里，行止自成行。冬节食南稻，春日复北翔。田中有转蓬，随风远飘扬。长与故根绝，万岁不相当。奈何此征夫，安得去四方？戎马不解鞍，铠甲不离旁。冉冉老将至，何时反故乡？神龙藏深泉，猛兽步高冈。狐死归首丘，故乡安可忘？

写征夫从征既久，将老不得返乡，首以鸿雁北归起兴，中以转蓬随风写征夫从征既久，最后以物各安居，虽死犹恋故土作结，可与《苦寒行》并读。

步 出 夏 门 行①

> 云行雨步②，超越九江之皋③。临观异同，心意怀游豫，不知当复何从④。经过至我碣石⑤，心惆怅我东海⑥。艳
>
> 东临碣石⑦，以观沧海⑧。水何澹澹⑨，山

岛竦峙^⑩。树木丛生，百草丰茂。秋风萧瑟，洪波涌起。日月之行，若出其中；星汉灿烂^⑪，若出其里。幸甚至哉，歌以咏志。一解

孟冬十月^⑫，北风徘徊^⑬。天气肃清，繁霜霏霏。鹍鸡晨鸣^⑭，鸿雁南飞。鸷鸟潜藏^⑮，熊罴窟栖^⑯。钱镈停置^⑰，农收积场^⑱。逆旅整设^⑲，以通贾商^⑳。幸甚至哉，歌以咏志。二解

乡土不同^㉑，河朔隆寒^㉒。流澌浮漂^㉓，舟船行难。锥不入地^㉔，蘴藾深奥^㉕。水竭不流^㉖，冰坚可蹈。士隐者贫^㉗，勇侠轻非^㉘。心常叹怨，戚戚多悲。幸甚至哉，歌以咏志。三解

神龟虽寿^㉙，犹有竟时^㉚。腾蛇乘雾^㉛，终为土灰。老骥伏枥^㉜，志在千里。烈士暮年^㉝，壮心不已。盈缩之期^㉞，不但在天。养怡之福^㉟，可得永年。幸甚至哉，歌以咏志。四解

① 步出夏门行：乐府诗题，属《相和歌辞·瑟调曲》。古辞或写人生无常，或写升仙得道。曹操此篇所写与古辞内容均无关。

② 云行雨步：语出《周易·乾·文言》："云行雨施。"借以形容行军的疾速。

③ 九江：这里指荆州一带。荆州当时为刘表所割据。　皋（gāo）：水边高地。

④ "临观"三句：建安十二年（207），曹操和诸将商讨下一步军事行动，诸将以为应先对付刘表，惟郭嘉认为刘表不足虑，应北上征乌桓荡平袁氏残存势力，曹操采取了这一建议。异同，指诸将不同的意见。游豫，即犹豫。

⑤ 碣石：是征乌桓的必经之地，在河北昌黎县北。一说，在河北沿海地区。

⑥ 东海：指渤海。

⑦ 东临碣石：以下是第一章，标题是《观沧海》。

⑧ 沧海：指渤海。

⑨ 澹澹：水波荡漾的样子。

⑩ 竦峙：即耸峙，高高立起。

⑪ 汉：银河。

⑫ 孟冬十月：以下是第二章，标题是《冬十月》。建安十二年，曹军北征乌桓，五月至无终，七月出卢龙塞，东向柳城，八月大败乌桓，九月引兵自柳城还，十一月至易水。十月正由柳城至易水途中。

⑬ 徘徊：风盘旋回转的样子。

⑭ 鹍（kūn）鸡：一种黄白色像鹤的鸟。

⑮ 鸷鸟：凶猛的飞禽。

⑯ 窟栖：藏于洞中不外出。

⑰ 钱镈（jiǎnbó）：钱和镈都是古代的农具。

⑱ 农收积场：成熟的农作物堆积在场上。

⑲ 逆旅：旅舍。　整设：修整开张。

⑳ 贾（gǔ）商：商人。

㉑ 乡土不同：以下是第三章，标题是《土不同》，或作《河朔寒》。

㉒ 河朔：黄河以北。

㉓ 流澌（sī）：河中漂浮的冰块。

㉔ 锥不入地：形容土地冻得僵硬。

㉕ 蘴（fēng）：同"葑"，蔓菁。　藾（lài）：野生的蒿子。

㉖ 水竭：指水结成冰不能流淌。

㉗ 隐：忧痛。

㉘ 勇侠：指好勇尚侠的人。 轻非：轻易做非法之事。

㉙ 神龟虽寿：以下是第三章，标题是《龟虽寿》。神龟，据《庄子·秋水篇》，可以活到三千岁。

㉚ 竟：终结，死亡。

㉛ 腾蛇：即螣蛇，龙类，传说能兴云雾而游其中。

㉜ 骥（jì）：千里马。 枥（lì）：马槽。

㉝ 烈士：指重义轻生或积极进取的人。

㉞ 盈缩之期：指寿命的长短。盈，满；缩，亏。

㉟ 养怡：养和，指身体的保养。

　　这首诗是曹操于建安十二年（207）北征乌桓归途中所作。诗前边有"艳"，即引子，以下共四章，《观沧海》作于秋天，《冬十月》和《土不同》作于冬季。

　　曹操征高干，干奔荆州，但袁尚、袁熙仍在北方依附乌桓。曹操经过反复考虑后决定彻底荡平袁氏势力，不留后患。征乌桓道路之远数倍于征高干。建安十二年五月出发后，路途也相当艰险，或遇大水路不通，或在塞外绝道，又如出卢龙塞后，堑山堙谷五百里，其艰难可想而知。归途，已入秋冬，缺水乏粮，凿地三十余丈取水，杀马数千匹充饥，也很不容易。《冬十月》、《土不同》两章也写到行役的艰难，但主要着眼于气候条件，不像《苦寒行》那样的可怖可骇，几乎让人丧失信心。

《苦寒行》写的是前去征高干的途中，战争的残酷让曹操有更多的心理准备，是胜是负一时难卜，所以诗的气氛显得那样苍凉。本篇所写则是大败乌桓后从柳城的凯旋，一个战役的胜利并不能预示从今往后可以高枕无忧，返途气候的恶劣仍然在告诉曹操和他的兵士：未来还有许许多多的艰苦和困难，现在还不能乐观。但是，经历了征高干和征乌桓的胜利，曹操信心更足了，眼界更宽了，他路过碣石，看到出没日月、包融宇宙的沧海，不觉心胸宽广。那苍茫的大海岂不就是自己的胸怀！和前此诸作相比，曹操这首诗已经不仅是沉郁了，而是沉中有雄，于慷慨悲歌中透出一股俊爽的英气。战争的条件仍然恶劣，但已经不像从前那样压迫得使人喘不过气来。雄阔的大海，给人以力量和信心。曹操是中国历史上第一个从大海吸取力量并由此拓展自己胸襟的诗人，也是第一个把大海描绘得如此波澜壮阔的诗人。

《观沧海》全章写景，而《龟虽寿》则全章议论，足见诗人笔墨的变化。曹操作这首诗时已经五十三岁。两汉时期，五十岁的年龄已经不算小了，何况是战乱的年代。平定乌桓之后，黄河流域及以北地区总算基本安定了，但是南边呢？已经五十三岁的曹操不能不面对这一问题。寿命有一定的尽头，但绝不能轻易放弃。如有可能，就尽量拉长生命的长度；如不可能，就尽量利用这有生之年来完成自己的理想抱负。年龄虽然大了些，但壮志不能无，理想不能丢。一千多年来，"老骥伏枥，志在千里。烈士暮年，壮心不已"，一直激励着一代又一代已届暮年的志士仁人。虽然全章议论，但开篇有数个比喻的运用，则加深了读者的印象，一点都没有枯燥的感觉。

《诗经》的句式以四言为主，两汉的乐府民歌以五言为主。建安以前两汉的文人诗并不发达，汉初较多运用的是骚体，东汉以后慢慢转向五言。四言诗似乎受到冷落,较有成绩的是韦孟和韦玄成。韦孟的《讽谏诗》还被萧统选入《文选》,但总的说还未形成太大的影响。建安虽然是一个五言腾踊的时代,但自曹操这首《步出夏门行》的出现,曹丕、曹植兄弟也陆续写了一些佳篇,从而掀起《诗经》之后四言诗的小小高潮。

短　歌　行①

对酒当歌,人生几何。譬如朝露,去日苦多②。慨当以慷③,忧思难忘。何以解忧?唯有杜康④。青青子衿,悠悠我心⑤,但为君故,沉吟至今。呦呦鹿鸣,食野之苹。我有嘉宾,鼓瑟吹笙⑥。明明如月,何时可掇⑦。忧从中来⑧,不可断绝。越陌度阡⑨,枉用相存⑩。契阔谈讌⑪,心念旧恩⑫。月明星稀,乌鹊南飞。绕树三匝⑬,何枝可依。山不厌高,水不厌深⑭。周公吐哺,天下归心⑮。

① 短歌行：乐府诗题，属《相和歌辞·平调曲》。曹操《短歌行》共两首，这是其中一首。

② 去日：逝去的日子。 苦：恨，遗憾。

③ 慨当以慷：有应当慷慨高歌的意思。

④ 杜康：传说中古代最早造酒的人。这里指酒。

⑤ "青青"二句：语本《诗经·郑风·子衿》。青衿(jīn)，周代学子的服装。衿，衣领。

⑥ "呦呦"四句：语本《诗经·小雅·鹿鸣》。《鹿鸣》是宴请群臣宾客的诗。呦呦，鹿鸣声。苹，艾蒿。瑟、笙，都是乐器。

⑦ 掇(duō)：拾取。

⑧ 中：内心。

⑨ 越陌度阡：指客人远道来访。陌、阡，都是田间小道，东西向叫陌，南北向叫阡。

⑩ 枉用相存：枉劳存问。枉，枉驾，屈就。存，问。

⑪ 契阔谈讌：在一起谈心宴饮。契，合；阔，疏。契阔是偏义复词，偏用契意，指两情契合。讌，同"宴"。

⑫ 旧恩：指往日情谊。

⑬ 匝(zā)：周，圈。

⑭"山不"二句：典出《管子·形势》："海不辞水，故能成其大；山不辞土石，故能成其高；明主不厌人，故能成其众；士不厌学，故能成其圣。"厌，满足。

⑮"周公"二句：典出《史记·鲁世家》："（周公）一沐三握发，一饭三吐哺，起以待士，犹恐失天下之贤。"周公，即姬旦，又称叔旦，周武王之弟。武王死，成王年幼，由他摄政，平定管叔、蔡叔叛乱。哺，口中咀嚼食物。

　　建安十三年(208)，曹军在赤壁之战严重受挫。次年，曹操一方面在家乡谯训练水军，一方面则开芍陂屯田，积蓄力量。建安十五年(210)，曹操发布《求贤令》，认为"今天下尚未定，此特求贤之急时"，士不必廉而后可用，只要是人才，有这样那样的缺点都不要紧，都可以用。《短歌行》的主旨也在延揽人才，疑与《求贤令》前后而作。

　　《乐府诗集》卷三十引《乐府解题》，以为曹操此篇"对酒当歌，人生几何"所写是"及时为乐"，不仅是对诗旨的曲解，也是对曹操本人的误解。汉末以来，由于社会的动荡,人们对生命有了更多更深入的理解,《古诗十九首》中有不少涉及珍惜生命的内容。曹操和常人一样,也深感人生的短暂;但曹操又是一个有远大抱负的政治家和军事家,他对生命价值的理解异于常人。他珍惜生命,因为他志在千里;他也意识到已进入暮年,但仍壮心不已,这可以参看他的《步出夏门行》。人生之短,犹如朝露,对于一个急于建功立业的人来说,短暂的生命对他们来说常常是很可忧惧的。曹操如此,曹操的儿子也如此。曹植《求自试表》说:"常恐先朝露,填沟壑,坟土未干,而身名并裂。"生命如此的有限,更见求贤和建功立业的急迫。全诗没有写到一个"乐"字,反而三次写到"忧"。曹操忧什么呢?他的《秋胡行》写道:"不戚年往,世忧不治。"不治就是不太平,年岁的流逝本不足过于伤心,令人担忧的是天下不太平!

这首诗两次用《诗经》成句,不粘不滞,十分妥帖自然。化用、组织《管子》、《史记》的文字入诗,也与全诗融为一体,浑然无迹。

诗歌与散文是两种不同的文体。诗歌有诗歌的语言和形式,例如文句的整齐、讲究押韵,有时还要讲究一唱三叹、言已尽而味无穷的艺术效果;抒情诗还特别看重诗人情感对读者的感染和震撼的力量。本篇与《求贤令》的内容都是求贤,《求贤令》文不长,录以比较:

> 自古受命及中兴之君,曷尝不得贤人君子与之共治天下者乎! 及其得贤也,曾不出闾巷,岂幸相遇哉? 上之人不求之耳。今天下尚未定,此特求贤之急时也。"孟公绰为赵、魏老则优,不可以为滕、薛大夫"。若必廉士而后可用,则齐桓其何以霸世! 今天下得无有被褐怀玉而钓于渭滨者乎? 又得无盗嫂受金而未遇无知者乎? 二三子其佐我明扬仄陋,唯才是举,吾得而用之。

应该承认,《求贤令》是一篇写得很有情感的公文,但它的功能主要在于通过叙事讲理来招徕贤才;而《短歌行》虽然也有"周公吐哺"的表白,但其功能不在说理,而在以情感人。叙事讲理,以情感人,《短歌行》和《求贤令》正好可以互补。

秋　胡　行①

　　晨上散关山②,此道当何难! 晨上散关山,此道当何难! 牛顿不起③,车堕谷间。坐盘石之上④,弹五弦之琴⑤。作清角韵⑥,意中迷烦⑦。歌以言志,晨上散关山。一解

　　有何三老公⑧,卒来在我傍⑨。有何三老公,卒来在我傍。负揜被裘⑩,似非恒人⑪。谓卿云何困苦以自怨。徨徨所欲⑫,来到此间? 歌以言志,有何三老公? 二解

　　我居昆仑山⑬,所谓者真人⑭。我居昆仑山,所谓者真人,道深有可得。名山历观⑮,遨游八极⑯,枕石漱流饮泉⑰。沉吟不决,遂上升天。歌以言志,我居昆仑山。三解

　　去去不可追,常恨相牵攀⑱。去去不可追,常恨相牵攀。夜夜安得寐,惆怅以自怜。正而

不谲[19]，辞赋依因[20]。经传所过[21]，西来所传[22]。
歌以言志，去去不可追。四解

① 秋胡行：乐府诗题，属《相和歌辞·清调曲》。曹操《秋胡
　行》有两首，这是第一首。诗共四解，一解略同一章。

② 散关山：在今陕西宝鸡西南。关在大散岭上，又称大散关，
　古代为秦蜀咽喉。

③ 顿：困顿。

④ 盘石：大石盘，通"磐"。

⑤ 五弦之琴：古乐器，以有五根弦而得名。据《礼记·乐记》，
　舜曾作五弦琴以歌《南风》。这里暗喻忧心国事。

⑥ 清角：曲调名。弦急声清，传为黄帝所作。又据《韩非子·
　十过》，乐师师旷对晋平公说，德薄者不足以听清角。这里
　曹操以有德者自比。

⑦ 迷烦：迷惑不清。

⑧ 三老公：《汉书·高帝纪》载，有新城三老董公说汉王刘邦：
　"臣闻'顺德者昌，逆德者亡'……项羽为无道，放杀其主，
　天下之贼也。"暗喻曹操伐张鲁为顺德者。据下文，本篇的
　三老公是居住在昆仑山上的神仙。

⑨ 卒(cù)：同"猝"，突然。

⑩ 负㩰(yǎn)被(pī)裘：皮衣外面又罩上罩衣。㩰，裼(xī)衣，即古代加在裘上面的无袖衣；被，通"披"。

⑪ 恒人：常人，普通人。

⑫ 徨徨：同"惶惶"，心神不定的样子。

⑬ 昆仑山：传说中的西方神山。

⑭ 真人：仙人。

⑮ 名山历观：即历观名山。

⑯ 八极：八方极远的地方。

⑰ 枕石漱流：以石为枕，用流水漱口。

⑱ 牵攀：指人世间众多繁杂俗务的缠绕。此指自己仍难忘怀建功立业。

⑲ 正而不谲(jué)：《论语·宪问》："齐桓公正而不谲。"谲，欺诈。

⑳ 辞赋依因：春秋时齐国人宁戚，夜间喂牛，叩牛角而歌，被齐桓公听到。桓公认为他与常人不一样，一定很有才干，便任用他为卿。这里指凭借歌唱的内容来发现人才。

㉑ 经传(zhuàn)所过：指经典文献记载过的往事。过，以往。

㉒ 西来所传(zhuàn)：齐桓公伐大夏，文献曾载述过。《史

记·齐太公世家》："桓公称曰:'寡人……西伐大夏,涉流沙;束马悬车登太行,至卑耳山而还。'"曹操以齐桓公伐大夏喻自己西征张鲁。

　　建安十八年(213),献帝策命曹操为魏公;次年七月,曹操征孙权,无功而返。建安二十年(215)三月,曹操西征张鲁,四月自陈仓出散关,七月大破张鲁。此诗即作于至散关山之时。

　　这首诗也是以乐府旧题写时事,和以上诸诗所不同的是插进了游仙的成分。诗中"三老公"是诗人臆造出来的仙人。赤壁之战后,曹操进一步荡平袁氏势力,北方大体已经稳定,但三国鼎峙的局面也基本形成,面对孙权、刘备,曹操似乎没有更多的办法,西征张鲁,途经天险散关山(张鲁据关中已达四年之久),未免有些意乱心烦。诗中假借仙人"三老公"出来劝慰他,然而诗人还是割舍不下世间功名,回过头来一想,还是应当进一步延揽人才,像齐桓公伐大夏那样去战胜张鲁,进而统一天下。所以,尽管前三章调子有点低沉,但仍掩饰不住曹诗特有的"霸气"。

这首诗每章的头两句,各重复一次;首句、尾句再重复一次。例如"晨上散关山",一章之内就出现三句。重叠和重复的运用,可能是便于歌唱;另一方面,读后令读者荡气回肠,有一种一唱三叹、余音袅绕的作用。

曹操西征张鲁,王粲等从行。王粲《从军诗五首》其一写的就是这次征战:

> 从军有苦乐,但闻所从谁。所以神且武,焉得久劳师?相公征关右,赫怒震天威。一举灭獯虏,再举服羌夷。西收边地贼,忽若俯拾遗……

王粲热烈地歌颂曹操的军事才能,赞颂他的武功,诗歌很能体现建安诗人积极向上的昂扬精神风貌,很能鼓动、激励人心。但对比曹操的这首诗,王粲似乎把一场十分艰苦的战争看得太容易了(诗中还有"拓地三千里,往返速若飞"这样的句子)。王粲毕竟只是一介书生,而曹操则是一军的主帅,在残酷的战争中他不能不考虑得更多、更深、更周全。前人说他的诗有如"幽燕老将"，这是很有见地的。因为，诗人首先是一位久经沙场、饱经风霜、深于忧患的将帅，他的诗作之所以沉雄、霸气，有饱满的风力，很大程度上都与此有关，这也是他与曹丕、曹植以及建安其他诗人最根本的差别。

陌　上　桑①

　　驾虹蜺②，乘赤云③，登彼九疑历玉门④，济天汉⑤，至昆仑⑥。见西王母，谒东君⑦，交赤松⑧，及羡门⑨，受要秘道爱精神⑩。食芝英⑪，饮醴泉⑫。拄杖枝，佩秋兰。绝人事⑬，游浑元⑭。若疾风游欻飘飘⑮。景未移⑯，行数千。寿如南山不忘愆⑰。

① 陌上桑：乐府诗题，属《相和歌辞·相和曲》。

② 虹蜺（ní）：均属龙类。古人以雄者为"虹"，雌者为"蜺"。

③ 赤云：彩云。

④ 九疑：山名。一作九嶷山，又名苍梧山。在今湖南宁远县

南。相传虞舜葬此。玉门：天宫之门。

⑤ 天汉：天河指银河。

⑥ 昆仑：见《秋胡行》诗注。

⑦ 西王母：古代女神，居昆仑瑶池。东君：日神。

⑧ 赤松：即赤松子。传说中的古代仙人。

⑨ 羡门：传说中的古代仙人。

⑩ 受要秘道：接受长生的要道秘诀。爱精神：养怡精灵
神气。

⑪ 芝英：灵芝。

⑫ 醴泉：甘美的泉水，据传出自昆仑山。古人认为服饮灵芝
醴泉可以长生不老。

⑬ 人事：人间俗事，包括饮食男女、功名利禄等。

⑭ 浑元：天地的元气。

⑮ 欻（xū）：忽然。

⑯ 景未移：形容时间很短暂。景，日光。

⑰ 寿如南山：喻长寿。《诗经·小雅·天保》："如南山之
寿。"不忘愆（qiān）：无过失。愆，过失。

　　本篇作年不详。《陌上桑》古辞本写采桑女秦罗敷

的故事,曹操对它加以改造而成游仙之词。诗共两首,这是第一首。

曹操曾说过他"性不信天命",其佚诗也曾痛感世人"见欺神仙"。既然曹操不信神仙,而他的诗为什么屡屡出现神仙?看来这有两种情况:一是他把神仙作为诗歌的素材,写现实而采取非现实的手法,神仙在诗中只是一种质料,是表现手法的需要,例如《秋胡行》的"三老公"。另一种则带有游宴性质,虽然写的是游仙,目的在于娱乐,作者不一定相信它,读者或演唱时的听众也不必相信确有其事,本篇和《精列》等大约属于这一类。

《三国志·魏志·武帝纪》引《魏书》,说曹操统帅军队三十余年,手不舍书,登高必赋,及造新诗,被之管弦,皆成乐章。曹操被之管弦的诗歌,恐怕有一部分正是为了游宴所作。研究或论及建安诗歌的著作,通常都会引用刘勰《文心雕龙·明诗篇》论述建安诗坛之盛及"慷慨以任气,磊落以使才"的话,而多有意无意舍去"怜风月,狎池苑,述恩荣,叙酣宴"数句,好像一提到

"怜风月,狎池苑,述恩荣,叙酣宴"就会贬低建安文学似的。其实,建安诗坛的游宴之作的存在,有其必然性。曹操在官渡之战后,基本上统一北方,生活环境相对稳定,他本人又以相王之尊来提倡文学、组织文学活动,诗歌娱乐的功用便有所凸显。曹丕、曹植兄弟也有一些这样的作品。曹操带有游仙意味的作品也具有这种性质。从这类作品中,我们可以看出曹操诗歌才能的另一个方面——想象的奇特,和表现手法的丰富多样。

曹丕

导　　言

　　曹丕（187—226），字子桓，曹操次子。五岁习射箭，六岁学骑马，八岁能做文章。稍长，诵诗论，博贯经传诸子百家和《史记》、《汉书》诸书。曹丕对他的骑射、击剑相当自负，每谈及便喜形于色。他说：靶子有常所，即使每发必中，也非至妙。妙的是"驰平原，赴丰草，要狡兽，截轻禽，使弓不虚弯，所中必洞"（《典论·自叙》）。他还曾与善剑法的将军过招，以蔗为杖，三中其臂，一截其颡，座中皆惊。他屡次随从曹操征战，征张绣一役，可以说是死里逃生。建安十六年（211），曹丕为五官中郎将，副丞相，当时文人云集邺下，多为曹丕、曹植属官。曹丕以世子之尊，王粲、刘桢、陈琳、阮瑀、徐幹、应玚、应璩、杨修、吴质、邯郸淳常追随左右，"公子爱敬客,终夜不知疲。清夜游西园,飞盖相追随"(曹植《公宴》),游宴之盛,在中国文学史上成为美谈。不仅如此,每当酒酣耳热之际,曹丕常命文士赋咏,遂开中国文学史上唱和之风。自然,曹丕也以新一代文坛领袖的身份活跃于建安中后期。建安二十二年(217),曹丕被立为魏国太子。二十五年(220)正月,曹操卒,同年十月汉献帝禅位于曹丕,曹丕即皇帝位。

曹丕早年描写战争的诗篇如《黎阳作》,虽然是亲身经历所作,也能描写仆夫戍卒冲风冒雨的艰辛,也能描状曹军的军威气势,或许由于在战争中所担当的角色、所负的责任不同,当然还有个人的禀赋气质的原因,他的这类诗比起曹操来,终觉悲凉深沉、雄浑壮伟略有不足。曹操有如幽燕老将,而曹丕诗有更多的文士气,他在诗歌史上留芳的不是《黎阳作》、《至广陵马上作》一类的征战诗,而是《燕歌行》(有美一人)等便娟婉约之作。曹丕诗描写思妇的离愁别绪,缠绵深婉,细腻入微;而写男子对美女的追求,则大胆执着,一往情深。

对时间和生命的理解,曹丕似也有别于曹操,"对酒当歌,人生几何? 譬如朝露,去日苦多",随着时间和生命的流逝,曹操说:"不戚年往,世忧不治。"他所担忧的是在他有生之年,不一定能见到太平盛世,看到大一统的局面。这是政治家对时间和生命的理解。建安十七年(212),阮瑀病故,曹丕作《寡妇诗》和《寡妇赋》以表哀悼。建安二十年(215),曹丕与文友游孟津,想起阮瑀已经长逝,不觉有"节同时异,物是人非"之叹。建安二十二年(217),曹丕的好友徐幹、陈琳、刘桢都因疾疫而去世,次年,他提及此事,悲伤万分,想起昔日与这些朋友连舆接席、酌觞奏乐、赋诗作文的情景,一时难于自持。建安二十五年(220),曹操病卒,曹丕作《短歌行》,哀其孤茕,并说:"人亦有言,忧令人老。嗟我白发,生一何早。"当时曹丕只有三十三、四岁,便嗟叹白发早生如此。这是文士对时间和生命的理解。中国古典诗歌,主要是文士的诗歌而不是政治家或军事家的诗歌,所以曹丕诗歌的文士气、曹丕诗歌中的生命意识,无疑对后世的诗歌产生深远的影响。

曹丕的诗,既有"鄙直"的一面,又有渐趋华丽的一面。"鄙直",指的是对汉乐府民歌的学习和继承,一些诗歌表现为较明显地具有汉乐府诗歌的风貌;"华丽"指的是对词采的讲究,章法的精心安排,乃至诗题的设计。曹操现存诗全部是乐府,曹丕则乐府、杂题诗各半。建安乐府诗大多都能入乐歌唱,而杂题诗则不一定入乐,也不一定歌唱,是吟诵之作。乐府诗的歌辞,汉代称歌诗,而杂题诗则是我们今天所称的诗歌。建安不一定入乐的诗歌大量出现,使诗歌创作的途径较从前更便捷。讲到曹丕的诗歌,我们不能不提到他的两首七言《燕歌行》,这是现存最早的文人七言诗。或许因为七言诗在唐代以后也和五言诗同样成为中国古代诗歌的主要形式的缘故,所以文学史家常常要提到曹丕的《燕歌行》。其实,曹丕对诗歌形式的尝试,除了四言、五言、七言,还有六言和杂言。《黎阳作》四首,其中四言二首,五言一首,六言也有一首,一题用三种形式写作数首诗,在建安甚至稍后一个时期都并不多见,当是作者有意识的摸索或探讨。《大墙上蒿行》杂用三、四、五、六、七言,它不仅直接影响了鲍照的杂言诗写作,而且还被后人视为歌行之祖。

黎　阳　作[①]

殷殷其雷[②],濛濛其雨[③]。我徒我车[④],涉此艰阻。遵彼洹湄[⑤],言刈其楚[⑥]。班之中路[⑦],途潦是御[⑧]。辚辚大车[⑨],载低载昂[⑩]。嗷嗷仆夫[⑪],载仆载僵[⑫]。蒙涂冒雨[⑬],沾衣濡裳[⑭]。

① 黎阳:在今河南浚县东。

② 殷殷:雷声。《诗经·召南·殷其雷》:"殷其雷,在南山之侧。"

③ 濛濛:微雨的样子。《诗经·豳风·东山》:"我自东山,零雨其濛。"

④ 徒:兵卒。

⑤ 遵:循,沿着。　洹(huán):洹水,古水名,流经今河南安阳市北。　湄:水边,河岸。

⑥ 言刈(yì)其楚：语出《诗经·周南·汉广》。言，语助词，无义。刈，割。楚，灌木。

⑦ 班之：遍及。

⑧ 途潦是御：马车在积满泥水的道路中行走。潦，积水。

⑨ 辚辚：车声。《楚辞·九歌·大司命》："乘龙兮辚辚。"

⑩ 载低载昂：忽低忽高。指车身颠簸得厉害。载，语助词，无义。

⑪ 嗷嗷：叫喊声。

⑫ 载仆载僵：时而前仆时而僵硬而立。

⑬ 涂：泥泞。

⑭ 濡(rú)：沾湿。

　　建安七年(202)五月，袁绍呕血死，袁谭、袁尚屯守黎阳，曹操发兵征讨。次年三月，攻破之，袁谭、袁尚连夜遁逃。曹丕从曹操出征，写作此诗(共四首)，时年十六、七岁。这是曹丕流传下来的最早诗作。第一首，写从邺城(今河北临漳县西南)出发靖乱；第二首，写途中状况。均四言。第三首，写兵至黎阳，五言；第四首，写战乱的残破景象，六言。本书所选为第二首。

曹丕生于中平四年（187），这一年天下已经很不太平，两年后董卓作乱，从此战乱不断。建安二年（197），曹丕年仅十一岁，已随从曹操出征张绣。在这次战争中，曹操中了流矢，长子曹昂、弟曹安民均遇难。而曹丕由于善骑，得以逃脱性命。由于曹操出征，曹丕每每跟从，所以到了十六、七岁，曹丕已显得相当从容而成熟。

曹丕这首诗写征途的艰辛，虽没有曹操《苦寒行》、《步出夏门行》那样深沉，但因为是亲身经历，诗中所表现的顶风冒雨，雷声大作，战车在泥水中颠簸，浑身湿透的士卒嗷嗷号叫等等景况，均给人留下深刻的印象。曹丕本人行军途中所遇到的种种艰难，也由此可见一斑。曹丕在第一首诗中还写道："舍我高殿，何为泥中？"为什么放着高高的殿宇不居住，跑出来弄得满身都是泥水呢？因为是"靖乱"，是"救民涂炭"，是"天所赞"的正义征伐，所以"沐雨栉风"他也在所不辞。

曹丕从小讽诵《诗经》，有很好的文学修养。四首《黎阳作》有两首四言，诗在运用《诗经》的语汇、形式方面也已经显得相当成熟。

芙 蓉 池 作①

乘辇夜行游②,逍遥步西园③。双渠相溉灌,嘉木绕通川④。卑枝拂羽盖⑤,修条摩苍天⑥。惊风扶轮毂⑦,飞鸟翔我前。丹霞夹明月⑧,华星出云间⑨。上天垂光彩,五色一何鲜。寿命非松乔⑩,谁能得神仙。遨游快心意,保己终百年。

① 芙蓉池:荷花池。当在西园之内。

② 辇(niǎn):用人拉的车子。

③ 西园:在邺城西。一说即铜雀园(据《艺文类聚》卷二十八)。

④ 嘉木:指繁茂的林木。嘉,美。

⑤ 卑枝:低垂的树枝。 羽盖:用羽毛装饰的车盖。

⑥ 修:长。 摩:谓触及。

⑦ 惊风:急风。 轮毂(gǔ):车轮。毂,车轮中心的圆木。

⑧ 丹霞:晚霞。

⑨ 华星：闪耀着光华的星星。

⑩ 松乔：赤松子、王子乔，都是古代传说中的仙人。

建安十六年（211），曹丕任五官中郎将，为副丞相，置官属。曹丕政治地位的确立，同时也将他推向新一代文学群体的领袖地位。曹丕门下，一时宾客如云，除了他的同母弟曹植，还有王粲、徐幹、陈琳、阮瑀、应场、刘桢，以及吴质、苏林等人。他们行则同舆，止则接席；丝竹并奏，酒酣耳热之时，往往仰而赋诗；红日西沉，则继以朗月，不曾须臾相失。曹丕在他的《与吴质书》、《又与吴质书》中，对此有许多精彩的描绘。这首《芙蓉池作》当作于曹丕初立为五官中郎将时或稍后。

在这首诗中，见不到战火，见不到荒芜的田野，见不到残垣颓壁，见不到浑身泥水、憔悴不堪的兵士，有的只是明月、丹霞、繁星、绿水、嘉木、彩车，一派平和、安宁、舒适的景象。当曹丕和他的友朋们仰而赋诗，开始把诗歌作为愉悦情志、抒写快意，并当成游宴时的一种助兴活动的时候，曹丕有意识地开始讲究辞采的华美，讲究用字用词的效果,甚至讲究两个句子之间的对称或对偶。"惊风扶轮毂"的"扶"字,"丹霞夹明月"的"夹"字,在"价争一字之奇"的南北朝诗坛,也许不算什么,但在讲究全篇浑融一体的汉末,在建安诗坛,却是相当的新鲜。从一篇《芙蓉池作》我们看到了与《古诗十九首》很不相同的气象,也看到与曹操诸作、甚至与曹丕自己的《黎阳作》很不相同的气象,建安诗风正在悄悄地起变化。

曹丕还有一首《于玄武陂作》,也是游宴之作:

> 兄弟共行游,驱车出西城。野田广开辟,川渠互相经。黍稷何郁郁,流波激悲声。菱芡覆绿水,芙蕖发丹荣。柳垂重荫绿,向我池边生。乘渚望长洲,群鸟欢哗鸣。萍藻泛滥浮,澹澹随风倾。忘忧共容与,畅此千秋情。

玄武陂在邺城西南,建安十三年(208)曹操辟此以操练水师,这首诗作年不详,当在《芙蓉池作》前后。诗中特别突出"兄弟",大约是曹植等人。从这些作品中,我们可以探见建安时期北方政局大抵稳定之后,在相对和平的环境中建安诗坛创作的某些情形。

寡 妇 诗①

友人阮元瑜早亡②,伤其妻孤寡,为作此诗。

霜露纷兮交下③,木叶落兮凄凄。候雁叫兮云中,归燕翩兮徘徊。妾心感兮惆怅,白日急兮西颓④。守长夜兮思君,魂一夕兮九乖⑤。怅延伫兮仰视⑥,星月随兮天回⑦。徒引领兮入房⑧,窃自怜兮孤栖⑨。愿从君兮终没⑩,愁何可兮久怀。

① 建安十七年(212),阮瑀亡故,曹丕因作《寡妇诗》和《寡妇赋》。

② 阮元瑜:阮瑀(155?—212),字元瑜,陈留尉氏(今属河南)人。"建安七子"之一。曹操任其为司空军谋祭酒,管记室。能诗文,尤擅章表书记。

③ 纷兮交下：纷纷交相降落。

④ 西颓：西倾。

⑤ 九乖：多次违离。

⑥ 延伫：长久站立。

⑦ "星月"句：指天上的星星月亮渐次隐去。

⑧ 引领：伸长脖颈。指非常失望。

⑨ 孤栖：指独处。

⑩ 终没：指死去。

本篇作于建安十七年（212）冬。

阮瑀是曹丕"行则同舆，止则接席"的朋友之一，他的早逝，使儿子成了孤儿，妻子成了寡妇。曹丕这首诗描绘了阮妻秋冬寒夜对丈夫的思念之情，以及惆怅、孤独和无奈，表达了诗人对亡友之妻的同情。诗的前四句是环境氛围的描写，以凄凉的环境氛围来烘托寡妇的孤独。后十句通过"守长夜"、"延伫"、"引领入房"几个镜头，写寡妇长夜对丈夫的思念、孤独和无奈，并穿插一些心理描写。平心而论，这首诗在建安诗坛中不算突出，但题材新颖，又是用骚体写成，所以别具一格。

曹丕还作有《寡妇赋》，赋文不长：

> 惟生民兮艰危，于孤寡兮常悲。人皆处兮欢乐，我独怨兮无依。抚遗孤兮太息，俯哀伤兮告谁？三辰周兮递照，寒暑运兮代臻。历夏日兮苦长，涉秋夜兮漫漫。微霜陨兮集庭，燕雀飞兮吾前。去秋兮就冬，改节兮时寒。水凝兮成冰，雪落兮翻翻。伤薄命兮寡独，内惆怅兮自怜。

这篇骚体赋除"去秋兮就冬"四句为五言，其余均为六言，形式、内容、情调都与《寡妇诗》没有什么区别。曹丕当时作《寡妇赋》还命王粲等并作，今仅存王粲及丁廙妻两篇。王粲赋也是骚体，只有两句是五言，余均六言。一个题目，大家都来做，有诗又有赋，大家一起商榷讨论，无疑可以促进文学技巧的进步。从曹丕同题的诗、赋看，诗和赋是两种既有区别又有联系的文体，但有时形式上又很接近，甚至接近得难于区分。试将曹丕《寡妇赋》的"赋"名隐去，说它是一首诗也未尝不可。

所以读其《寡妇诗》可同时读他的《寡妇赋》,两篇作品可以相互发明、补充。

短 歌 行①

仰瞻帷幕②,俯察几筵③。其物如故④,其人不存。一解

神灵倏忽⑤,弃我遐迁⑥。靡瞻靡恃⑦,泣涕连连⑧。二解

呦呦游鹿,草草鸣麋⑨。翩翩飞鸟,挟子巢栖。三解

我独孤茕⑩,怀此百离⑪。忧心孔疚⑫,莫我能知。四解

人亦有言,忧令人老。嗟我白发,生一何早。五解

长吟永叹,怀我圣考⑬。曰仁曰寿,胡不是保⑭。六解

① 短歌行：见前曹操《短歌行》注。

② 帷幕：帷帐，帘幕。

③ 几筵：小桌子、席子。

④ 其物：指屋内器物摆设。

⑤ 神灵：灵魂。　倏忽：指疾速离去。

⑥ 遐迁：远离。

⑦ 靡瞻靡恃：既看不到，又没有依靠。语本《诗经·小雅·小弁》："靡瞻匪父，靡依匪母。"

⑧ 泣涕句：眼泪掉个不停。语出《诗经·卫风·氓》："不见复关，泣涕涟涟。"

⑨ 草草：即慅慅，内心不安的样子。　麂：小鹿。

⑩ 孤茕（qióng）：孤单。

⑪ 百离：很多的悲苦。离，通"罹"，忧苦，忧愁。

⑫ 孔疚：很深的痛苦。语出《诗经·小雅·采薇》。

⑬ 圣考：指曹操，父死叫"考"。

⑭ "曰仁"二句：意指仁者长寿，何以父亲却不能长保生命。按，曹操享年六十六岁。

建安二十五年（220）正月，曹操卒。不久，曹丕作此篇追思曹操。据王僧虔《技录》，曹操遗令，使节日及月朔奏乐，曹丕制此辞，自己抚筝和歌。在当时所奏的哀悼曹操的乐章中，以这一篇曲声最美。

曹操曾作过一首《善哉行》，哀悼父亲曹嵩罹祸身亡，但那是一篇"内痛父死，外悲君难"的作品，君父并写。而曹丕这首诗，则专门哀悼曹操，抒发对父亲的思念之情。从董卓之乱曹操起兵到他去世，总共三十余年，曹操经历了许许多多的事件，统领军队打了大大小小的许多仗，处理了家国无数巨细的事，发布了或长或短的数十成百的文告，当然还写了不少被之管弦的新诗。我们为曹丕设想，追思亡父之诗可写的东西多着呢。可是曹丕出乎我们的意料之外，他完全摒弃政治才能、军事功绩与文学成就的叙写，整首诗唯一写到的就是帷幕、几筵这些家具和器物，诗人睹物生情，物虽如故而人已不存。父亲就是父亲，不管他是宰相、将军、还是诗人什么的，普天之下，父子的亲情就是父子亲情，大鹿唤叫小鹿，大鸟挟幼鸟归栖，道理就是这么简单。曹丕在不经意间写出了人间一种最普通的、也是最普遍的情感,所以很是凄婉动人。试想,假如曹丕追怀曹操如何教他弯弓,如何教他驰马,如何教他治军,如何教他料理政务,也可能写出成功的作品,但也就可能失去了普遍的意义,难以像这首《短歌行》能那样打动无数读者的心,引起那么多人的情感共鸣。

于　谯　作①

清夜延贵客②,明烛发高光。丰膳漫星陈③,旨酒盈玉觞④。弦歌奏新曲,游响拂丹梁⑤。余音赴迅节⑥,慷慨时激扬。献酬纷交错⑦,雅舞何锵锵⑧。罗缨从风飞⑨,长剑自低昂。穆穆众君子⑩,和合同乐康⑪。

① 谯:今安徽亳县,曹操、曹丕的故乡。

② 延:请。

③ 漫星陈:形容食品众多。

④ 旨酒:美酒。　玉觞:玉制酒杯。

⑤ 游响：指乐曲余音。　丹梁：涂上丹彩的屋梁。

⑥ 赴：入。指符应轻快的节拍。

⑦ 献酬：即献酢，相互敬酒。《诗经·小雅·楚茨》："献酢交错。"

⑧ 锵锵：形容乐声。

⑨ 罗缨：罗衣上的缨带。

⑩ 穆穆：端庄盛美的样子。

⑪ 和合：和谐、融洽。

　　建安二十五年（220）正月，曹操死后，曹丕嗣位为丞相、魏王。随后，改元延康。元年七月（洪适《隶释》卷十九载《大飨碑》作八月），曹丕军次于谯，大飨六军及谯地父老百姓。据《三国志·魏志·文帝纪》引《魏书》所载，曹丕大"设伎乐百戏，令曰：'先王皆乐其所生，礼不忘其本。谯，霸王之邦，真人本出，其复谯租税二年。'三老吏民上寿，日夕而罢"。这首诗即作于此时。

　　曹丕早些时候的游宴诗，例如《芙蓉池作》和《于玄武陂作》，在尽情欢乐的同时总是联想到人的生命。前者说:"寿命非松乔,谁能得神仙。遨游快心意,保己终百年。"后者说:"忘忧共容与,畅其千岁情。"应该承认,这些作品和《古诗十九首》中的"生年不满百,常怀千岁忧。昼短夜苦长,何不秉烛游……仙人王子乔,难可与等期"情调很有些不同,曹丕和他的诗朋酒友们的情绪明显开朗得多,但是欢乐与生命的矛盾之结并没有解开,还多少带有一点《古诗十九首》悲哀的余绪。这首《于谯作》则不同,曹丕这时顶替了父亲曹操的位置,控制着朝廷内外大权,距离登基做皇帝也仅咫尺之遥,何况又是统领六军回到霸王之基的故乡。他完全有理由藐视同是回故乡而根基尚不十分牢靠、不得不唱出"安得猛士兮守四方"的汉高祖刘邦。所以,这首诗所表现的完全是欢乐和愉悦,还流露出些许得意,这也是它和作者其他几首游宴诗不同的地方。

至广陵于马上作①

观兵临江水,水流何汤汤②。戈矛成山林,

玄甲耀日光③。猛将怀暴怒,胆气正纵横④。谁云江水广,一苇可以航⑤。不战屈敌虏,戢兵称贤良⑥。古公宅岐邑⑦,实始翦殷商⑧。孟献营虎牢⑨,郑人惧稽颡⑩。充国务耕植,先零自破亡⑪。兴农淮泗间⑫,筑室都徐方⑬。量宜运权略⑭,六军咸悦康⑮。岂如东山诗,悠悠多忧伤⑯。

① 广陵:今江苏扬州。

② 汤(shāng)汤:水流湍急的样子。

③ 玄甲:黑中带红色的铠甲。

④ 纵横:恣肆奔放。

⑤ "谁云"二句:《诗经·卫风·河广》:"谁谓河广?一苇杭之。"此化用其句。

⑥ 戢(jí)兵:不用武力。戢,收藏。兵,兵器。

⑦ 古公:即古公亶父。又称周太公。古代周民族的领袖。文王的祖父。 宅:筑宅室。 岐:岐山,在今陕西省境内。周民族由于受到戎、狄的威逼,古公亶父带领全族由豳迁

到岐山下的周,建筑城郭家室。

⑧ 翦:消灭。

⑨ 孟献:孟献子,春秋时鲁国国卿仲孙蔑。　虎牢:关名。
春秋时属郑,在今河南荥阳县。

⑩ "郑人"句:郑国惧怕而叩头请和。稽颡(qǐ sǎng),古代的
一种礼节,叩头至地。颡,额头。《左传·鲁襄公二年》:
"会于戚,谋郑故也。孟献子曰:'请城虎牢以逼郑。'"又
《襄公十年》:"诸侯之师城虎牢而戍之","郑乃晋平。"

⑪ "充国"二句:据《汉书·赵充国传》,赵充国,字翁孙,陇西
上邽人,封营平侯。宣帝神爵初,先零与诸羌豪勾结,为患
西边。宣帝选派将帅平先零,赵充国时已七十余,说:"没
人比老臣更合适。"后终大破先零。赵充国上屯田三奏,宣
帝从之,留他下来屯田。先零(lián),西北少数民族的一个
部落。

⑫ 淮泗:淮河和泗水,这里指河南、山东、安徽、江苏的淮河、
泗水流域。

⑬ 徐:徐州,汉武帝时所置十三刺史部之一。

⑭ "量宜"句:意为酌量机宜,战略战术运用适当。

⑮ 六军:指全军。　咸:都。

⑯ "岂如"二句：曹操《苦寒行》："悲彼东山诗，悠悠使我哀。"
此化用其句，而语意相反。余参见前曹操《苦寒行》注。

黄初三年（222）十月，孙权叛，魏文帝曹丕自许昌
南征，诸军并进，孙权临江拒守。六年（225）三月，曹丕
再次以舟师征讨孙吴，"冬十月，行幸广陵故城，临江观
兵，戎卒十余万，旌旗数百里"（《三国志·魏志·文帝
纪》）。这首诗即作于此时。

临江观兵，水流茫茫苍苍，只见戈矛如林，金甲闪
光，更加上将士群情高涨，胆气正壮，曹丕不禁想起"谁
谓河广，一苇杭之"的诗句，长江天险，又算得了什么？
曹丕还有一首《饮马长城窟行》，大约与这首诗前后而
作，写的也是南征孙权时的军威及气势：

> 浮舟横大江，讨彼犯荆虏。武将齐贯甲，征人
> 伐金鼓。长戟十万队，幽冀百石弩。发机若雷电，
> 一发连四五。

为了征讨孙权，曹魏可能作了长期的军事及物质准备，

当年曹操远征高干(见《苦寒行》)时的军事力量和物质装备与之相比,恐怕不可同日而语。假如曹丕此次行动成功了,十万大军真的顺利渡江了,那么后人在讽诵这两篇作品时该怎样地受到震撼!但历史没有"假如"。正当曹丕及其部将踌躇满志的时候,"时大寒冰,舟不得入江",曹丕面对波涛汹涌的长江,只有感叹:"嗟乎!固天所以隔南北也!"(《三国志·吴书·吴主传》注引《吴录》)终于无功而返。

诗的后半部分,宕开写观兵的感想。诗人认为不战而能屈敌,不用武力而能制胜者才能称得上"贤良"。接着,又引用古公亶父、孟献子、赵充国故事加以说明,最后提出建设好大后方,发展与江南接壤的徐州地区的农业生产,酌量机宜,运用好策略,以最大限度减少兵卒征战悲苦的设想。这些议论虽有见识,但从诗的艺术形式来说,与前半临江观兵的豪迈合写,总觉得不那么相衬,诗的前半部分的美感因此受到了一些损害。曹丕的征战诗与曹操相较有其不同的特色,但总体艺术成就要略逊于乃父。

善哉行①

上山采薇②,薄暮苦饥。溪谷多风,霜露沾衣。野雉群雊③,猿猴相追。还望故乡,郁何垒垒④。高山有崖,林木有枝⑤。忧来无方⑥,人莫之知。人生有寄⑦,多忧何为。今我不乐⑧,岁月其驰⑨。汤汤川流⑩,中有行舟。随波转薄⑪,有似客游。策我良马,披我轻裘。载驰载驱⑫,聊以忘忧。

① 善哉行:见前曹操《善哉行》注。

② 采薇:《诗经·小雅》有《采薇》篇。薇,野生豆科植物,可食。

③ 雊(gòu):野鸡的鸣叫声。

④ 郁:郁郁,深远的样子。

⑤ "高山"二句:意谓遥望故乡被山崖林木遮挡。

⑥ 无方:没有办法解脱。

⑦ 寄:寄居。

⑧ 今我不乐：用《诗经·唐风·蟋蟀》成句。

⑨ 驰：很快流逝。

⑩ 汤汤：见前《至广陵于马上作》注。

⑪ 转薄：旋转、停泊。

⑫ 载驰载驱：载，助词。驰，放马快跑。驱，鞭马前进。用《诗经·鄘风·载驰》成句。

本篇及以下各篇作年皆不详。

梁昭明太子编《文选》，选曹丕乐府仅两篇，一是《燕歌行》（秋风萧瑟天气凉），一即此篇。昭明选诗，偏重于"沉思"、"翰藻"，非常重视作品的艺术表现力。这首诗写客游怀乡之情，是四言诗中的名篇。

全诗共六解，每四句为一解（《文选》不分解）。一解直叙客游之苦，饥饿是一苦，多风多霜露又是一苦，而苦的根源全在于客行山溪，以下四解全由山溪发挥。二解，就山溪所见雉鸣猴追落笔，野鸡有群，猿猴有伴，反衬出客游的孤寂和故乡难忘。三解，山高林密，所见不是山崖就是枝叶，远望故乡而不可见，山林中客游之忧，有谁能知。四解，"多忧何为"，顶上解"忧来无方"而来，点出行乐贵在及时，无奈身在山溪，如何乐得起来。上二解，两句景，两句情，这一解四句全用于抒情，岁月如驰，堪为人忧。五解，客游有如行舟，在浩荡的川流中漂荡，无有定所，但诗人却反过来说行舟有似客游，语工而意活，出人意料，让读者留下深刻的印象。二、三两解应首二句"山"；此解则应次二句"溪"，从中可以看出诗人用笔用心用意之细。六解，顶上解"客游"之"游"说。为自己开出"忘忧"良方，然而山高溪深，如何策良马披轻裘任其驰驱？"聊以忘忧"其实是"不可忘忧"的正面反说，更见其"忧来无方"。

曹丕在他的《典论·论文》中谈到文气有清有浊，而一个作家或诗人文气的清浊往往不是外力可以勉强而致的。曹丕的诗以"清"著名，而本篇更是有代表性的作品之一。"清"，就是不繁芜，不杂沓，不拖泥带水。本诗写客游之忧，由山溪而来，生出望乡情感，娓娓叙来，有如微风远韵，有意无意之中，映带读者随之或哀或乐。至于其着笔，也不着重在排比渲染，而多用反衬或暗喻的手法,让读者慢慢地咀嚼品味其所忧所苦,反而令人受到深深感染,而这也正是诗人的高明之处。

善 哉 行

有美一人,婉如清扬①。妍姿巧笑②,和媚心肠③。知音识曲,善为乐方④。哀弦微妙,清气含芳⑤。流郑激楚⑥,度宫中商⑦。感心动耳,绮丽难忘。离鸟夕宿,在彼中洲⑧。延颈鼓翼⑨,悲鸣相求。眷然顾之⑩,使我心愁。嗟尔昔人,何以忘忧。

① "有美"二句:用《诗经·郑风·野有蔓草》成句。婉如,美好的样子。清扬,眉目间很漂亮。

② 巧笑:笑得很美的样子。《诗经·卫风·硕人》:"巧笑倩兮。"

③ 和媚:温和而妩媚。

④ 善为乐方:指精通乐理、乐器及演奏方法等。

⑤ "清气"句：指乐曲清新，好像含有花香一般。

⑥ 流郑：流荡的郑声。郑，指《诗经·国风》中的《郑风》，这里代指俗乐。 激：迅急。 楚：楚乐。

⑦ "度宫"句：合符音律。度、中，合符；宫、商，均古代五音之一。

⑧ 中洲：洲中。

⑨ 延颈：伸长脖子。 鼓翼：拍打翅膀。

⑩ 眷然：留恋的样子。

关于本诗主题，历代有三种说法。一是求贤；二是求友；三是情诗（因守宫士孙世之女名曰琐者而作）。据曹丕《答繁钦书》云，守宫士之女琐，十五岁，"素颜玄发，皓齿丹唇"，能歌善舞，"芳声激越"，世莫能逮。曹丕有意纳之后房。自古以来，诗无达诂，或有寄托，或无寄托；或有本事，或无本事，原本很难断定。笔者认为，就这首诗而言，不一定有寄托，也不一定专为歌女琐而作，但它确是一首情诗，表达了诗人对一位美丽善良、知音识曲的女子的倾慕、渴求之情。这女子可能是现实生活中的某个人，也可能是诗人梦想中的意中人。她不仅美,不仅精通乐理,善于演奏,而且非常善良,善解人意。所以,诗人孜孜地寻找她,追求她,眷顾她,但却始终未能得到她。诗人非常失落忧愁,他不得不想:或许古人也是这样的吧?

建安诗歌,从曹操发展到曹丕,慷慨悲凉之气在减弱,古朴苍凉的情调也逐渐为便娟婉约所替代。曹丕这首《善哉行》以及《燕歌行》等言情之类的诗作,在曹操那里是找不到的。这不仅反映出曹丕诗与曹操的不同,也反映出建安诗歌题材和诗风的重要变化。

这首诗所用的一些语词,例如"婉如"、"妍姿"、"和媚"、"清气"、"绮丽",都可以用来品评此诗。全诗写得柔婉美丽,很能移人性情。而况诗的本身就像一位顾盼生姿的美人,很能招惹读者的喜爱。诗人艺术手法的高明,于此可见一斑。

善 哉 行①

朝游高台观②,夕宴华池阴③。大酋奉甘

醪④,狩人献嘉禽⑤。一解齐倡发东舞⑥,秦筝奏西音⑦。有客从南来,为我弹清琴。二解五音纷繁会⑧,拊者激微吟⑨。淫鱼乘波听⑩,踊跃自浮沉。三解飞鸟翻翔舞,悲鸣集北林。乐极哀情来,寥亮摧肝心⑪。四解清角岂不妙,德薄所不任⑫。大哉子野言⑬,弥弦且自禁⑭。五解

① 善哉行:本篇《艺文类聚》卷二十八引首六句、"飞鸟"四句,题作《铜雀园》。

② 高台观(guàn):邺城有铜雀台、金虎台、冰石台,"皆因城为之基。巍然崇举,其高若山"(《水经注·浊漳水注》)。

③ 华池:华美之池。

④ 大酋:主管造酒之官。   醪(láo):醇酒。

⑤ 狩(shòu)人:主管猎物的官员。

⑥ 齐倡(chāng):齐地歌伎。   东舞:古代齐国在今山东北部,故称。

⑦ 西音:古代秦国在今陕西西南部,因云。

⑧ 五音:亦称五声。指宫、商、角、徵、羽古代五个音阶。

⑨ 拊(fǔ)：古代一种打击乐器。此用作动词,指击拊。

⑩ 淫鱼：鲟鱼。古称鱣鱼。《淮南子·说山川》："瓠巴鼓瑟而淫鱼出听。"一说为大鱼(《尔雅》训淫为大)。

⑪ 寥亮：清澈之声。

⑫ "清角"二句：清角是古代最悲的乐声。据《韩非子·十过》载,春秋时晋平公请著名乐师师旷演奏清角,师旷说："恐怕君主您德性薄,不足以听这种乐声。"平公一定要听,师旷奏起清角,风雨大作,破屋裂帷,一片狼藉。

⑬ 子野：师旷字子野。

⑭ 弥(mǐ)弦：停止演奏。

　　这首诗前半极写游宴之乐,上高台,宴华池,东舞西音,极尽口腹声色之娱,可谓快意于当前。后半由乐极转入哀情,极写其哀。由乐转哀,南来之客所弹之琴是一过渡,五音繁会,拊者微吟,游鱼乘波,飞鸟翻翔,而"悲鸣"一句,则引出"乐极哀情来",由乐而哀,转折自然,毫不费力,足见诗人手法之高超。

　　曹操的诗也写忧愁,然而曹操所忧多是家国大事,或忧天下的不太平,或忧人才的难得,多在大处着笔。而曹丕所忧所愁,如《芙蓉池作》和《于玄武陂作》,想到的是人生的短暂,生命的未能永久。也难怪,自董卓之乱以来,战乱不断,官渡一战之后北方政治渐趋稳定,但不时还有征战,再加上瘟疫什么的,人们的寿命就更加缩短。而这首诗的重点则不在此,而在于在高位者的德高德薄上。想来,曹丕作这首诗时,至少是在当了五官中郎将之后,更有可能是已立为太子、甚至登基之后。清角之音是美妙的,但对德薄的在位者很可能成为灾难。"寥亮摧肝心","弥弦且自禁",从悲哀中惊醒并自警,则是此诗的主旨。曹丕的诗比起曹操的诗来有明显的文人气、书卷气,乐极生哀并非归向虚无,而是能自警,看来他的认识还是有过人之处的。

丹霞蔽日行[①]

丹霞蔽日,采虹垂天。谷水潺潺,木落翩翩。孤禽失群,悲鸣云间。月盈则冲[②],华不再繁③。古来有之,嗟我何言④。

① 丹霞蔽日行：乐府诗题,属《相和歌辞·瑟调曲》。

② 冲：虚损,亏缺。

③ 华：通"花"。

④ 嗟我何言：我还讲什么呢？嗟,叹词。

诗人对物候的变化往往比一般人敏感。晚于曹丕的西晋文论家陆机在他的《文赋》中就曾经说过,诗人或文学家们在季节更迭、外界景物变化的时候往往思绪万千,有时看到深秋落叶就心悲,有时见到仲春枝发柔条而欣喜。梁代刘勰在《文心雕龙·物色篇》中也说,随着四季景物的变化,人的心绪也会有所变化。一年四季有不同的景物,不同的景物具有不同的形貌,感情可能随着景物的改变而变化,文辞也可能随着感情的变化而产生。曹丕这首乐府诗写的全都是由自然景物及其变化所产生的人生感慨。

天上的丹霞、彩虹,色彩鲜艳灿烂,但随着夜幕的降临或者水气的消散,这些迷人的景色一下全化为乌有,美好东西的存在竟是那样短暂。水流潺潺,叶落纷纷,与自然界万事万物的荣枯无定一样,人类社会的行止荣枯往往也不能自主。孤禽有失群的时候,人也难免有意外之悲。月有圆缺盈亏,花有开谢荣枯。一切盛衰有常,人世间的一时荣华自然也靠不住。外界物候对诗人的刺激,使他产生许多联想,不由慨叹万千,由此也足见诗人情感的丰富。

中国古代诗歌咏叹月盈月虚、花开花落的作品不知有多少,而且佳篇迭见,曹丕这首诗虽然不是专咏花、月,但对后代同类作品的产生有一定影响。

钓　竿　行①

东越河济水②,遥望大海涯③。钓竿何珊珊④,鱼尾何簁簁⑤。行路之好者⑥,芳饵欲何为⑦。

① 钓竿行：乐府诗题，《汉铙歌》曲名，属《鼓吹曲辞》。

② 河济：指黄河、济水。

③ 海涯：海滨。

④ 珊珊：同"姗姗"，移动缓慢的样子。

⑤ 筵筵(xǐ)：鱼跃掉尾声。化用汉乐府《白头吟》："竹竿何袅袅，鱼尾何离筵。"

⑥ 行路：指东越黄河、济水来到海滨。　好：喜悦。

⑦ 芳饵：美味的钓饵。

　　建安诗歌，发展到曹丕、曹植兄弟等人，一方面朝着辞采华丽的方向发展，另一方面仍然没有完全脱离两汉乐府民歌的影响。曹丕笔下乐府诗很多，其中不少有明显的文人化倾向，但《钓竿行》民歌味道却仍然很浓。

　　《钓竿》古辞今已不存，据崔豹《古今注》，古代一个叫伯常子的人避仇到河滨做渔夫，他的妻子思念他而作此歌，每到河边就唱起来。可见《钓竿》原先就是民间的情歌。

隐语是民歌常见的一种修辞手法,即一般不直接说出本意而借用其他语词来进行暗示,让读者去体会理解。隐语在表达一种意思时显得比较隐晦、曲折,常常能起到风趣、诙谐的艺术效果。民歌中用竹竿钓鱼常常被用作男女求偶的象征性隐语。《诗经·卫风·竹竿》:"籊籊竹竿,以钓于淇。"就是较早的例子。汉乐府民歌《白头吟》也有"竹竿何袅袅,鱼尾何离簁"的句子,曹丕"钓竿"二句就是袭用《白头吟》而略有变化。

这首诗中的男主人公不是一般的"垂钓者",他并未坐在那儿一味静等"鱼儿"上钩,他从黄河以西越过黄河,渡过济水,好不容易才来到大海之滨"垂钓";其追求的执着也非一般,况且用的鱼饵也与常人不同,是带着芳香的上等品。然而,诗人想"钓"的到底是什么呢?他最终能够钓到的又是什么呢?诗歌至此戛然而止,其表现形式相当活泼,内涵十分耐人寻味,在建安文人诗中可谓别具一格。

十　五①

登山而远望,溪谷多所有②。梗楠千余尺③,众草芝盛茂。华叶耀人目④,五色难可纪⑤。雊雊山鸡鸣⑥,虎啸谷风起。号罴当我道⑦,狂顾动牙齿⑧。

① 十五:乐府诗题,属《相和歌辞·相和曲》。

② 多所有:有很多东西,指"梗楠"以下四句所写的内容。

③ 梗(pián)楠:黄梗木和楠木,都是乔木。

④ 华叶:即花叶。

⑤ 纪:同"记"。

⑥ 雊(gòu):雄雉。

⑦ 号罴(pí):号叫的人熊。

⑧ "狂顾"句:意谓疯狂回头磨牙想咬人。

据《水经注·伊水注》,洛阳之南有大石山,魏文帝尝在此山打猎,有老虎越过乘舆。这首诗不知是否与此

事有关;即使写的不是此事,也可能以打猎为背景。曹
丕不只善于驰射,实际上他在《典论·自叙》中还讲到
自己喜爱打猎。一日与族兄猎于邺西,一天下来就捕获
九头麋鹿、三十头雉兔。此外,曹丕还精通剑术,曾与奋
威将军邓展论剑,三中其臂;邓展不服,再次交手,中其
颡,一座皆惊。驰射、剑术都是射猎必备的本领,而据其
《校猎赋》所云,在他看来校猎也是一种练兵的形式,在
战争年代必不可少。所以,他曾令陈琳作《武猎赋》,王
粲作《羽猎赋》,应玚作《西狩赋》,刘桢作《大阅赋》,内
容都与狩猎有关。

这首诗只描写了射猎的背景及部分的飞禽走兽。
诗人笔下的山峦溪谷,与曹操行军途中所见的艰难可
怕完全不同。美丽的乔木高耸,百草盛茂繁荣,花叶
在阳光照射下令人眼花缭乱,五光十色令人难于描
述。山中当然也有雉鸣雏叫,虎啸罴号,然而这些飞
禽猛兽不过是捕射的对象而已。诗人以一种游赏愉
悦的心态前来山中射猎,从诗中的描写我们看出他充
满了信心。诗并没有具体写射猎的经过和结果,也许

在他想来,这样写已经足够了,经过和结果读者完全可以自己去推想。

曹丕的诗流于柔婉,但这首乐府则显得雄丽而较有骨力。

折 杨 柳 行①

西山一何高,高高殊无极②。上有两仙童,不饮亦不食。与我一丸药,光耀有五色。一解

服药四五日,身体生羽翼。轻举乘浮云③,倏忽行万亿④。流览观四海,茫茫非所识。二解

彭祖称七百⑤,悠悠安可原⑥。老聃适西戎⑦,于今竟不还⑧。王乔假虚辞,赤松垂空言⑨。三解

达人识真伪⑩,愚夫好妄传。追念往古事,愦愦千万端⑪。百家多迂怪⑫,圣道我所观⑬。四解

① 折杨柳行：乐府诗题，属《相和歌辞·瑟调曲》。

② 极：顶端。

③ 轻举：轻轻飘起。

④ 倏（shū）忽：转眼之间。

⑤ 彭祖：传为古代贤人，生于夏代，到商殷末已活了七百余岁。

⑥ "悠悠"句：意为时代久远难于究其本源（真假）。原，同"源"。

⑦ 老聃（dān）：老子，名聃。适：往。西戎：西部少数民族地区，这里指陕西西北部。

⑧ "于今"句：老子西去后至今没有回来。意为未必成仙。

⑨ "王乔"二句：王乔、赤松，见前《芙蓉池作》注。假，假借。虚辞，虚诞之辞。垂，指流传。

⑩ 达人：明智豁达之人。

⑪ 愦愦（kuì）：昏乱的样子。

⑫ 迂怪：迂阔怪诞。

⑬ 圣道：指孔子之道，即孔子的学说思想。

　　这首诗共四解，前两解设言游仙，说西方高山上有两个仙童送给诗人一丸五色光耀之药,诗人服了四五天之后,顿生羽翼,飘行云间,倏忽万里,下视人间,面目全非,茫茫然不知其所以然。初看似乎在赞颂服药成仙,向往神仙世界的美好。而第三解却转为对彭祖、老聃、王子乔和赤松子的怀疑。彭祖等都是道教所谓长生不老的代表人物,特别像王子乔、赤松子这样流传甚广的仙人,诗人对他们却毫不客气,一个说他"假虚辞",一个说他"垂空言",绝对是不可相信的。第四解,在第三解的基础上进一步发表议论,认为达人善辨真伪,不会为神仙传说的虚妄所欺,而愚夫却往往信以为真。古往今来,学说多多,诗人唯一信奉的只有圣道——孔子之道。

汉末魏初,社会的动荡与战乱,大大缩减了人们的寿命,在这种情况下,出现相信神仙道教、祈求延长生命的思潮,毫不足怪。但头脑清醒的政治家如曹操、文士如曹植等并没有被这种思潮所动。而从这首诗看,曹丕对神仙的态度不仅仅是怀疑,而是坚决的否定。黄初三年(222),曹丕曾作《敕豫州刺史禁吏民往老子亭祷

祝》,其中写道:

> 告豫州刺史,老聃贤人,未宜先孔子,不知鲁郡
> 为孔子立庙成未?汉桓帝不师圣法,近以嬖臣而事
> 老子,欲以求福,良足笑也。

老子是贤人,不是神仙;孔子是圣人,其道是圣道,其法
是圣法。老子应当尊重,但不应把他列于孔子之先,尤
其是不应把他当成神仙来祷祝。这是曹丕比较完整的
看法,可参考。

燕 歌 行[①]

秋风萧瑟天气凉[②],草木摇落露为霜[③],群
燕辞归雁南翔。念君客游多思肠[④],慊慊思归
恋故乡[⑤],君何淹留寄他方[⑥]?贱妾茕茕守空
房[⑦],忧来思君不可忘,不觉泪下沾衣裳。援琴
鸣弦发清商[⑧],短歌微吟不能长。明月皎皎照
我床,星汉西流夜未央[⑨]。牵牛织女遥相望[⑩],

尔独何辜限河梁[11]!

① 燕歌行：乐府诗题,属《相和歌辞·平调曲》。

② 秋风萧瑟：语出曹操《步出夏门行·观沧海》。

③ 草木句：语本《楚辞·九辩》:"萧瑟兮,草木摇落而变衰。"

④ 多思肠：一作"思断肠"。

⑤ 慊慊(qiàn)：怨恨的样子。

⑥ 淹留：滞留。　寄：寄居,旅居。

⑦ 茕茕(qióng)：孤独的样子。

⑧ 清商：曲调名,声调清切急促。

⑨ 未央：未尽。

⑩ 牵牛织女：均星名。

⑪ 何辜：何罪。　河梁：河桥。

秋风起了,天气凉了,草木凋零,白露结成霜,大雁南飞,时序的变化,对有心思的人来说往往特别敏感。这首诗到底写什么呢? 前面三句只写时节而已,并未涉及具体内容。到了第二个三句,才入手点明"思君"——原来这是一首思妇之诗。思妇在念君思君,以至愁肠寸断,但她偏偏又设想对方也正在思恋故乡,想着自己。既然你在思乡,你在想着我,那又为什么滞留他乡不归呢?其心理刻画可称细腻至极。"贱妾"以下五句,正面写思妇的百无聊赖,孤苦一人日夜守着空房,除了思君还是思君,试着援琴鸣弦,弹奏一曲来宣泄一下情感,但缓舒的曲调到自己的手中不知不觉又变成短促激越的声音,心中仍然平静不下来。我们可以想见,女主人公一边弹奏,一边不觉泪下沾衣的情景。最后四句,诗人补写夜景:皎皎明月,照着空床;星汉西流,夜深未尽。对于愁思之人来说,季节的更迭,影响最大的恐怕不是冷暖之类的感受,心理的承受能力恐怕更加重要。诗中的这位思妇在这夜深人静之际,仰望星空,但见牵牛、织女二星正遥遥相望。她不禁发问:你们有什么罪过,却被天河阻隔不能相会?结二句问的是牛郎、织女,实际上也是思妇自问,妙就妙在诗面不写思妇自己而思妇自己也在其中,所以耐人寻味。整首诗写得一唱三叹,读后令人低徊叹惋不已。

曹丕两首《燕歌行》的出现,标志中国古代七言诗的成熟。先秦荀子的《成相篇》,其句式主要是七言;《楚辞》中也有不少七言的句子。相传汉武帝与群臣在柏梁殿联句,其诗句也是七言;西汉还有一些谣谚也用七言写成。东汉张衡《四愁诗》是较完整的七言诗,但荀子的《成相篇》还是通俗唱词,于散文为近。而从《楚辞》到《四愁诗》基本上还带有"兮"字等语气词,因此较为完美的七言诗就得首推《燕歌行》了。曹丕这首诗句句押韵,与后来隔句用韵不同。这种用韵方式一则显示其古朴,再则"一气卷舒",文气一贯到底,也是其特色。这首诗共十五句,有的读本二句为一节,后三句为一节。我们采用张玉穀《古诗赏析》的读法,前九句每三句一节,后六句每两句一节。

燕 歌 行

别日何易会日难①,山川悠远路漫漫。郁陶思君未敢言②,寄声浮云往不还③。涕零雨面毁形颜④,谁能怀忧独不叹。展诗清歌聊自宽⑤,乐往哀来摧肺肝。耿耿伏枕不能眠⑥,披衣出户步东西。仰看星月观云间,飞鸧晨鸣声可怜⑦,留连顾怀不能存⑧。

① 何易:多么容易。

② 郁陶:内心忧郁。

③ 寄声:托付心声。

④ 涕零雨面:形容泪流满面。

⑤ 展诗清歌:翻开诗卷歌唱。清歌,没有伴奏的歌唱。

⑥ 耿耿:不安的样子。

⑦ 鸧(cāng):鸧鸹,一种如鹤的大鸟。

⑧ 顾怀:思念。 存:存问,慰问。

据《乐府诗集》卷三十二引《乐府解题》,这首诗与前《燕歌行》一样,"言时序迁换,行役不归,妇人怨旷无所诉也"。然而,细读此诗,作品并没有写"时序迁换",王夫之对"妇人怨旷无所诉"有所疑问,以为"所思为何者,终篇求之不得"(《古诗评选》卷一)。就是说,思者不一定是思妇,所思之人也不一定是行役者。王夫之接着又说:"可性,可情,乃《三百篇》之妙用。盖唯抒情在己,弗待于物。"这就使我们想起《诗经·秦风·蒹葭》:"蒹葭苍苍,白露为霜。所谓伊人,在水一方。"也是"所思为何者,终篇求之不得"。思者可能是思妇,也可能是个男子;所思之人可能是行役者,也可能是诗人心目中一个理想的女子或其他对象。由于诗中"所思为何者"的不确定性,读者也尽可站在各自不同的角度,去咀嚼体味这首诗的性情。"郁陶思君未敢言",其难言之隐是什么? 也给读者留下更多的想象空间和余地。上一篇"秋风萧瑟天气凉"以环境的烘托、情感和心理活动描写的细腻等著称,无疑是曹丕集中的名篇,而此诗所写飘忽不定,诗中所表现的刻骨的思念也颇具特点。"别日何易会日难",很容易使我们联想起李商隐《无题》诗"相见时难别亦难"和李煜《浪淘沙》词"别时容易见时难"的名句,优秀的情诗——无论是女思男,还是男思女,都是缠绵而悱恻的。

汉魏乐府诗,在流传过程中,到了晋代,常常既存在本辞又出现晋乐所奏两种不同的演唱本。本辞,是汉魏人的原创诗作;晋乐所奏,则大约是经过晋人加工修饰的演唱本,亦即为演唱需要产生的一种改编作品。曹丕这首《燕歌行》既有本辞(上文所录),又有晋乐所奏(诗见《乐府诗集》卷三十二)。为便于比较,现移录于下:

> 别日何易会日难,山川悠远路漫漫。郁陶思君未敢言,寄书浮云往不还。涕零雨面毁形颜,谁能怀忧独不叹。耿耿伏枕不能眠,披衣出户步东西。展诗清歌聊自宽,乐往哀来摧心肝。悲风清厉秋气寒,罗帷徐动经秦轩。仰戴星月观云间,飞鸟晨鸣声可怜,留连,顾怀不自存。

秋　胡　行[①]

朝与佳人期[②],日夕殊不来[③]。嘉肴不尝,旨酒停杯[④]。寄言飞鸟,告余不能[⑤]。俯折兰英⑥,仰结桂枝⑦。佳人不在,结之何为。从尔何所之⑧,乃在大海隅。灵若道言⑨,贻尔明珠⑩。企予望之⑪,步立踌躇⑫。佳人不来,何得斯须⑬。

① 秋胡行:见前曹操《秋胡行》注。

② 期:期约。

③ 殊:还,犹。

④ 旨酒:美酒。

⑤ 能(nài):通"耐"。

⑥ 兰英:兰花。

⑦ 结:束,系。

⑧ 从:追逐。 尔:指佳人。

⑨ 灵若:海神名。又称海若。

⑩ 贻:赠送。

⑪ 企予望之:语本《诗经·卫风·河广》:"跂予望之"。企,踮起脚跟。予,而。

⑫ 步立:时而行走,时而站立。

⑬ 何得斯须：一刻都难捱。斯须，形容时间很短。

　　这首诗写的是一个非常美丽动人的爱情故事。故事的情节并不复杂，起因是与佳人相约，从朝至暮佳人不至，故引发对佳人的深深思念。先是美酒嘉肴不尝不饮，看见天上飞鸟，突发奇想，希望鸟儿给佳人捎个信，说我久等难耐。继而俯折兰花，仰折桂枝，想捎给佳人，无奈兰桂难捎，因为佳人不在，很有点《古诗十九首》"采之欲遗谁，所思在远道"的味道。兰桂既不可赠，那么，我就干脆去追寻她，哪怕是天涯海角也在所不辞，如果那样，我就把大海之神的明珠赠给她，以表心意。诗人陷入一片痴迷的想象当中。然而，眼前既不见大海，又没有明珠，所见只是一片茫然。虽然已经等到日暮，佳人却始终没有出现，但他仍然希望她能来，他时而踮起脚跟瞻望，时而又在那儿来回徘徊。他烦躁不安，片刻难捱。然而，等待他的却只有失望。

　　这首诗没有描写佳人的才艺容貌，曹丕另一首《秋胡行》(泛泛绿池)也有位期盼中的佳人："有美一人，婉如清扬。知音识曲,善为乐方。"而这四句,在《善哉行》(有美一人)中也出现过。看来,曹丕心目中的佳人当是懂得乐理、并善于演唱或演奏的美人。

"朝与佳人期,日夕殊不来"两句是这首诗的名句,后人曾有所仿效。如谢灵运《南楼中望所迟客》云:"圆景早已满,佳人犹未适。"江淹《杂体诗三十首》其三十:"日暮碧云合,佳人殊未来。"而且越写越华美。值得注意的是,谢灵运诗中的"佳人",也即佳客,很可能不是女性,那么,曹丕这首《秋胡行》中的"佳人"也非一定是女性不可。中国古代诗歌历来就有研究比兴的传统,香草美人常常就是一种比兴的手法。所以朱乾《乐府正义》说这首诗是"魏文思贤之诗","佳人"其实就是贤人、贤才,也不无道理。因为"俯折兰英,仰结桂枝",系化用《离骚》和《九歌》"结幽兰而延伫"、"结桂枝兮延伫"句意,而《楚辞》中"兰"、"桂"往往是品行高洁的象征,曹丕折兰结桂以赠"佳人",这佳人很可能就是一位品行高洁的贤人。曹丕婉约求贤,与曹操《短歌行》"慨当以慷"的求贤,形成了非常鲜明的对照。曹丕在《典论·论文》中讲到"文气"的问题,他说文气对一个作家或诗人来说是勉强不得的事,甚至"虽在父兄,不能以移子弟"。看来,这应是他的切身体验。

陌　上　桑①

弃故乡,离室宅。远从军旅万里客。披荆棘,求阡陌。侧足独窘步②,路局笮③。虎豹嗥动④,鸡惊禽失,群鸣相索。登南山,奈何蹈盘石⑤。树木丛生郁差错⑥。寝蒿草⑦,荫松柏。涕泣雨面沾枕席。伴旅单⑧,稍稍日零落⑨。惆怅窃自怜,相痛惜。

① 陌上桑:见前曹操《陌上桑》注。
② 侧足:置足。侧,置;处于。曹植《送应氏》诗:"侧足无行径。"　窘步:形容行走困难。
③ 局笮(zhǎi):局促狭窄。笮,同窄。
④ 嗥(háo):吼叫。

⑤ 盘石：巨石。

⑥ 郁：形容树木茂密。　差错：指丛生交错。

⑦ 寝：指露宿。　蒿草：野草。

⑧ 伴旅：指一起征战的伙伴。

⑨ 零落：指死亡。

　　《陌上桑》是乐府旧题，曹操用来写游仙，而曹丕则用以写从军远征、行路艰险，这说明建安诗人（即使是曹氏父子）对乐府旧题的改造不拘一格，各人都有自己的见解和作法。

　　这首诗写作的具体背景不详，从文字和内容看，写的是从征行军的所见所感。征途艰难，不披荆斩棘就找不到路径，处处举步维艰。山野荒凉，虎豹吼叫，飞禽嘶鸣，令人心惧。树木丛生，巨石累累，夜晚只能宿栖在草莽之中。更何况征役已久，同行的伙伴越来越少，死的死，逃的逃，对此，诗人不由伤心不已。曹丕的《黎阳作》写的是一次具体战役，是一次目的性很强的征战。而这首诗所写则可能是汉末三国征役艰难的一般概括，具有那个时代的普遍意义。《黎阳作》虽然也写大部队,但诗人的感受也在其中;而这首诗,主要是以旁观者的身份来进行描述。所以,同样写战争,二诗很有些不同。

这首诗句式错落有致,三言、四言、五言、七言交相运用。仔细体会,以三言最有特色。三言有时是双句,有时是单句;有时和七言句搭配,有时又与五言句搭配。这首诗是晋乐所奏,而非本辞,可能经过后人的加工,使之更便于演奏。晋乐的乐调今已失传,但如将这首诗拿来吟诵,似较一些整齐的四、五言诗更有一种节奏的美感。

上 留 田 行①

居世一何不同②,上留田③。富人食稻与粱,上留田。贫子食糟与糠,上留田。贫贱亦何伤,上留田。禄命悬在苍天,上留田。今尔叹息,将欲怨谁?上留田。

① 上留田行：乐府诗题，属《相和歌辞·瑟调曲》。据崔豹《古今注》，"上留田"为地名，古辞（今已佚）说的是有兄弟两人，父母死后，兄长不抚养年幼的弟弟，邻居为作悲歌以讽之。

② 居世：人生在世。

③ 上留田：地名作句末和声的音节，无实义。

这是一篇民歌风味很浓的作品。全诗的用语用字都很浅显，而且每个句子之后都有"上留田"三个字组成的和声音节，有强烈的节奏感。我们推想，这首乐府诗原本也是可以歌唱的，而且有可能有独唱和合唱两部分，"居世一何不同"，"富人食稻与粱"等句是独唱，"上留田"为和声，即齐唱。一人唱而众人和是民歌常见的形式。《后汉书·五行志》录有一首灵帝时民歌《董逃歌》，也有和声的音节：

> 承乐世，董逃。游四郭，董逃。蒙天恩，董逃。带金紫，董逃。行谢恩，董逃。整车骑，董逃。垂欲发，董逃。与中辞，董逃。出西门，董逃。瞻宫殿，

董逃。望京城,董逃。日夜绝,董逃。心摧伤,
董逃。

"董逃"二字,也是和声音节,无实义。从曹丕这首《上
留田》诗,我们可以看出建安诗人对民歌语言和形式的
学习继承。

这首诗的内容也很简单,诗人反复咏唱的是人世间
贫富悬殊的不平等现象,曹丕是贵公子,后来又贵为人
君,能注意到这个问题并把它作为诗歌的主题加以咏
叹,是难能可贵的。"禄命悬在苍天",虽不免带有宿命
论的观点,但"今尔叹息,将欲怨谁",对贫贱者仍有更
多的悲悯和同情。

大墙上蒿行①

阳春无不长成。草木群类,随大风起,零
落若何翩翩。中心独立一何茕②!四时舍我驱
驰③,今我隐约欲何为④?人生居天壤间⑤,忽

如飞鸟栖枯枝⑥,我今隐约欲何为? 适君身体所服⑦,何不恣君口腹所尝⑧? 冬被貂羅温暖⑨,夏当服绮罗轻凉。行力自苦,我将欲何为? 不及君少壮之时,乘坚车策肥马良⑩。上有仓浪之天⑪,今我难得久来视。下有蠕蠕之地⑫,今我难得久来履⑬。何不恣意遨游,从君所喜;带我宝剑,今尔何为自低昂⑭? 悲丽平壮观⑮,白如积雪,利若秋霜。駮犀标首⑯,玉琢中央。帝王所服,辟除凶殃。御左右⑰,奈何致福祥⑱。吴之辟闾,越之步光,楚之龙泉,韩有墨阳⑲,苗山之铤⑳,羊头之钢㉑。知名前代,咸自谓丽且美,曾不知君剑良㉒,绮难忘。冠青云之崔嵬㉓,纤罗为缨㉔,饰以翠翰㉕,既美且轻。表容仪,俯仰垂光荣㉖。宋之章甫,齐之高冠㉗,亦自谓美,盖何足观? 排金铺㉘,坐玉堂。风尘不起,天气清凉。奏桓瑟㉙,舞赵倡㉚。女娥长歌㉛,声协宫商。感心动耳,荡气回肠。酌桂酒,脍鲤鲂^㉜，与佳人期为乐康。前奉玉卮，为我行觞^㉝。今日乐，不可忘，乐未央^㉞。为乐常苦迟，岁月逝，忽若飞。何为自苦，使我心悲。

① 大墙上蒿行：乐府诗题，属《相和歌辞·瑟调曲》。

② 茕(qióng)：孤独。

③ "四时"句：形容时间过得飞快。

④ 隐约：指隐居。

⑤ 天壤：天地。

⑥ "忽如"句：形容寿命短暂，人生不能长久。

⑦ "适君"句：意为何不求衣服适体。

⑧ 恣：任意，放纵。

⑨ 被(pī)：披。　貂鼲(hún)：指貂皮和灰鼠皮做的裘衣。

⑩ 坚车：结实的车子。　策：鞭打，驾驭。

⑪ 仓浪：青苍色。

⑫ 蠕蠕(rú)：慢慢移动的样子，这里有柔软之意。

⑬ 履：践履，行走。

⑭ 尔：指宝剑。　低昂：指剑忽高忽低晃动。

⑮ "悲丽"句：悲叹宝剑美丽平整壮观。

⑯ 駮（bó）犀标首：用駮和犀牛角做剑把。駮，一种独角兽，见《山海经》。

⑰ 御：防备。

⑱ 奈何：无实意，入乐时所加字。

⑲ "吴之辟闾"四句：辟闾、步光、龙泉、墨阳：均为古代宝剑名，分别产于吴、越、楚、韩。

⑳ 苗山：楚国地名。　铤（dìng）：未经冶炼加工的铜铁，这里和下句的"钢"，都指代宝刀名剑。

㉑ 羊头：山西上党壶关有羊头山。

㉒ 曾：竟。

㉓ 青云：冠名。　崔嵬（wéi）：高高的样子。

㉔ 纤罗：纹路细而薄的丝织品。　缨：帽带。

㉕ 翠翰：翠鸟和山鸡的羽毛。

㉖ 光荣：光采。

㉗ "宋之章甫"二句：章甫、高冠，均古代冠名，一出宋国，一出齐国。

㉘ 排：推。　金铺：门环。

㉙ 桓瑟：迴瑟，齐国之瑟。

㉚ 赵倡：赵国女乐。赵都城邯郸，又称邯郸倡。

㉛ 女娥：泛指美女。

㉜ 脍(kuài)：细切的鱼肉。　鲂(fáng)：鲂鱼，与鳊鱼相似。

㉝ 行觞：斟酒请人喝。

㉞ 央：尽。

　　汉代淮南小山曾作《招隐士》诗，以为隐士生活在山中，环境幽深可怖，难于久居，希望他们及早归来。这首诗的主旨，也是劝隐士出山做官，但所写与淮南小山异趣。淮南小山说你窝在山中做什么，山中有多苦多可怕；曹丕则说，你出来做官吧，做官有多好多自在；淮南小山着眼于眼前之苦，曹丕将其诱导到日后的乐，大有汉高祖"有能从我游者，我能尊显之"之意。

　　刘勰曾经说过，赋这种文体是从诗演变而来的，就是说，赋吸取了诗的某些表现手法再加上其他一些因素，产生了一种新的文体。赋体的特征，最主要的是铺叙。有意思的是，诗在发展的过程中，又反过来关注赋的铺叙手法。曹丕这首乐府诗，为了劝诫隐居者，大力铺陈于服饰之美、车马之良、宝剑之丽、女乐之动人和酒食之精致。描写宝剑一节,先形容其高下低昂,再状其利,再次落笔剑把,然后说剑是帝王所佩,以见其非同寻常。接下来又用六个句子铺排吴、越、楚、韩、苗山、羊头各处的历代名剑,以见其"剑良",的确收到了很好的艺术效果。这种艺术手法的运用,说明诗与赋虽然是两类文体,但其表现方法有相通之处。过去研究建安诗歌的繁荣和发展,较少提及与汉赋的关系,从曹丕这首诗看,诗人对汉赋的表现手法还是相当关注的。

这首诗是曹丕集中的长篇,在建安诗人中也不多见。除了铺叙的特色外,其句法的参差变化,音节的抑扬顿挫,感情的自由奔放,近对鲍照的《拟行路难》,远对李白飘逸的歌行,都有很深的影响。

月 重 轮 行①

三辰垂光②,照临四海。焕哉何煌煌③!悠悠与天地久长。愚见目前,圣睹万年。明暗相绝④,何可胜言⑤!

① 月重轮行：乐府诗题,属《相和歌辞·瑟调曲》。

② 三辰：日、月、星。

③ 焕：光彩的样子。

④ 明暗：明指上文的圣者;暗指愚者。相绝：绝然不同。

⑤ 胜：尽。

据崔豹《古今注》说,《日重光》、《月重轮》是汉代群臣为明帝所作。明帝为太子,乐人作歌诗四章,以赞太子之德,汉末后二章亡。旧说天子之德,光明如日,规轮如月,众辉如星,沾润如海。太子比德,所以说“重”。曹丕这首诗恐怕未必是歌颂太子之德,而是用旧题抒写对宇宙时空的看法。日、月、星辰照临四海,在空间上,它是无限的;悠悠与天地久长,在时间上也是无限的。曹丕诗中的“圣”、“愚”,不同于我们通常讲的聪明人和蠢笨之人。“圣”,当指的是那些闪耀着智慧光芒的哲人,而不具备这种素质的则是“愚”,愚者只能看到眼前,而圣者即哲人不仅能眼观古今,而且能瞻望未来,其智慧的光芒也就如日、月、星辰一般与天地久长。我们不妨将这首诗看作是曹丕的一种哲学思考,从中可以看出他深邃的哲学思想。读这首诗,很自然使人联想比它晚出数百年的陈子昂诗:"前不见古人,后不见来者,念天地之悠悠,独怆然而涕下!"(《登幽州台歌》)曹丕诗在情感强烈方面不如陈子昂,而在时空的无限笼罩方面,恐怕一点也不逊色。

曹丕之子魏明帝曹叡也有一首同题之作:

> 天地无穷,人命有终。立功扬名,行之在躬。
> 圣贤度量,得为道中。

讲的无非是人生有限当及时立功扬名,较之曹丕所作,就显得有些肤浅和平淡了。虽为父子,其不同也如此。

杂　诗①

漫漫秋夜长,烈烈北风凉。展转不能寐②,披衣起彷徨。彷徨忽已久,白露沾我裳。俯视清水波,仰看明月光。天汉回西流,三五正纵

横③。草虫鸣何悲,孤雁独南翔。郁郁多悲思,
绵绵思故乡。愿飞安得翼,欲济河无梁。向风
长叹息,断绝我中肠。

① 杂诗:梁昭明太子编《文选》,把"杂诗"专门作为一类。这
　　些诗可能原先就没有题目,或原先有题而后来亡佚了。
② 展转:即辗转,形容卧不安席。
③ 三五:指天上的星星。《诗经·召南·小星》:"嘒彼小星,
　　三五在东。"

　　游子思妇,是汉末以来诗歌歌咏的重要主题,如
《古诗十九首》所写,大部分都是这类内容。又如曹丕
《燕歌行》(秋风萧瑟天气凉),所表现的亦是一女子对
远方游子的思念之情。这首杂诗与《燕歌行》略有不同
的是着笔于远方的游子,写他秋夜不寐,思念故乡。
　　曹丕去《古诗十九首》的时代不远,这首诗可能是
拟作,当然也可能是创作而深受其影响。试举数例:

　　　　孟冬寒气至,北风何惨栗。愁多知夜长,仰观

众星列。(《孟冬寒气至》)

　　忧愁不能寐，揽衣起徘徊。(《明月何皎皎》)

《古诗》中的"知夜长"，"北风何惨栗"，"忧愁不能寐，揽衣起徘徊"，"仰观众星列"，被曹丕化用成"秋夜长"，"烈烈北风凉"，"展转不能寐，披衣起彷徨"和"仰看明月光"。

　　思念故乡，郁郁累累。欲归家无人，欲渡河无船。心思不能言，肠中车轮转。——(《悲歌》)

　　亮无晨风翼，焉能凌风飞。——(《凛凛岁云暮》)

　　我欲渡河水，河水深无梁。——(《古诗》)

曹丕"郁郁多悲思"以下六句即化用上述诗句而成，《悲歌》、《古诗》虽然不属于《十九首》，但在当时，应是文人们耳熟能详的名篇。曹丕的化用，显得很自然，看不出斧凿的痕迹。诗给读者的整体印象是：在内容、情调、语境等方面，都与《古诗十九首》很接近。

　　当然，这首诗在章法上也有自己的特点。"俯视清水波,仰看明月光",作者观察物象的角度是一俯一仰。而紧接下来的"天汉回西流,三五正纵横"与"草虫鸣何悲",则以分承分述的方法,一承仰观,一承俯视。这种章法上有意的讲究和追求,又稍稍与古诗不同,而为后代诗人所广泛采用。

杂　诗

　　西北有浮云,亭亭如车盖①。惜哉时不遇②,适与飘风会③。吹我东南行,行行至吴会④。吴会非我乡,安得久留滞。弃置勿复陈⑤,客子常畏人⑥。

① 亭亭:高远而无依靠的样子。　车盖:车篷。

② 时:时机。

③ 飘风:暴风。

④ 吴会:吴郡和会稽郡,辖地相当于今江苏南部和浙江一带。

⑤ "弃置"句:乐府诗常用的套语,意思是抛开一边,不要再

说了。

⑥ 客子：游子。

关于这首诗的创作，历来有作于黎阳，作于讨伐孙权及作于曹操欲立曹植为世子时数说，但证据都不足，甚至有些牵强。从内容看，还是以描写游子思乡的解释较为合理。

天上飘浮着不定的云，让诗人产生联想，漂泊四方的游子不正像是天上的浮云吗？浮云飘浮不定，如果没有什么大风，也不至于飘到很远的地方，可是偏偏时机很不好，暴风一来甚至将它吹到江南的吴郡、会稽郡。游子命运也不好，战乱和不安定，使他被迫远离故乡。浮云没有情感，如果有，它会安于吴、会吗？当然不会。游子离乡，又怎么能久滞他乡？通篇作品只有十句，前八句都是写浮云，"吹我东南行"、"吴会非我乡"的"我"，都是浮云，诗人把浮云拟人化了，把浮云当成人，当成游子。游子就是浮云，浮云就是游子。浮云，后来还成了中国古典诗词中游子的代名词，足见其影响深远。只是诗中的"吴会"则不必坐实,仅用以指代很远很远的地方而已。

"弃置勿复陈,客子常畏人",结句为补笔,补叙天上的浮云是"客子"眼中的浮云,使诗的主旨进一步醒豁;"常畏人"则是直接的抒情。值得注意的是,诗的前四联用的是同一韵,而终句则忽然转韵收束,矫变异常,具有突然点醒,提请读者注意的作用,从中可以看出曹丕创作手法的多变及创新精神。

清 河 作①

方舟戏长水②,澹澹自浮沉。弦歌发中流,悲响有余音。音声入君怀,凄怆伤人心。心伤安所念,但愿恩情深。愿为晨风鸟③,双飞翔北林④。

---

① 清河:古河名。上游承白沟(今河南东北),东北流经今河北威县以下始称清河。一说即淇水支流,在今河南内黄。

② 方舟：两船相并。

③ 晨风：鸟名，又称"鹯"(zhān)，像鹞子，青黄色。

④ 北林：《诗经·秦风·晨风》："鴥彼晨风，郁彼北林。"

　　这首诗的写法，与《古诗十九首》中《西北有高楼》相类。《西北有高楼》写诗人经过与浮云等齐的高楼，楼上飘来弦歌之声。他驻足而听，品出其音响之悲苦，不由为弹奏者缺少知音而悲伤，表示要与他（她）一起奋翅高飞。曹丕这首诗也是听弦歌，所不同的是在清河的方舟上，弦歌不是发自高楼而是飘至中流，歌声也很悲苦。《西北有高楼》的弦歌内涵不甚明确，可能悲夫妻的分离，也可能叹情场的失意，还有可能仅仅是一种寂寞孤独或其他什么情感的宣泄。而曹丕这首诗，其中所传出的信息则是期盼对方能有一片深深的恩情，自己能与他（她）一起比翼双飞。弦歌飘自中流，使我们想起了白居易的《琵琶行》。白氏的构思，不知是否受到曹丕的影响？

　　《玉台新咏》还摘录了曹丕一篇《清河见挽船士新

婚与妻别》诗(《艺文类聚》指为徐幹作品)：

> 与君结新婚，宿昔当别离。凉风动秋草，蟋蟀
> 鸣相随。冽冽寒蝉吟，蝉吟抱枯枝。枯枝时飞扬，
> 身轻忽迁移。不悲身迁移，但惜岁月驰。岁月无穷
> 极，会合安可知？愿为双黄鹄，比翼戏清池。

这首诗作年当与《清河作》相同，不论作者是谁，都可以
用作《清河作》的注脚。我们不妨设想：弦歌者即为挽
船士的新婚妻子，《清河作》的"君"即挽船士，他们因新
婚离别而心伤，又因心伤而产生美好的愿望。"愿为双
黄鹄，比翼戏清池"，"愿为晨风鸟，双飞翔北林"，两诗
遣辞命意又何其相似乃尔，我们完全可以将它们拿来
对读。

代刘勋出妻王氏作①

翩翩床前帐，张以蔽光辉。昔将尔同去②，
今将尔共归。缄藏箧笥里③，当复何时披④？

① 此诗载《艺文类聚》，作者曹丕。观于《玉台新咏》，与"谁言
　 去妇薄"一首合题作《杂诗》，作者为平虏将军刘勋妻王宋。

② 将：携带。尔：指帐。

③ 缄藏：封藏。　箧笥（qiè sì）：竹箱。

④ 披：打开。

　　《玉台新咏》卷二刘勋妻王宋《杂诗》前有小序："王
宋者，平虏将军刘勋妻也。入门二十余年。后勋悦山阳
司马氏女，以宋无子出之。"如果此序可靠的话，那么刘勋
休弃王宋的根本原因是有了"外遇"，喜欢上了山阳（今
江苏淮安）司马氏女。山阳司马氏在汉末魏初为大族，其
女也可能十分年轻美貌，所以讨得刘勋的欢心。王宋嫁
给刘勋二十多年，少则也已三十好几，而且又"无子"——
没有生育男孩，这样，刘勋休掉她也就有了充分的理由。
　　曹丕这首诗代王氏而作，是为王氏立言。诗人没有
选择王氏被休时的场面来叙述，也没有对王氏被休后内
心的痛苦进行仔细刻画，更没有去写王氏被休的悲愤，
他只选取了房间中的一件物品——"帐"来做文章。帐

是王氏与刘勋夫妻生活的一件用品，也是他们共同生活的一个见证。而这帐，从前还是她的陪嫁，和她一起来到刘家，但现在她被休弃了，帐也被她一起带回娘家了。帐是不可能再用了，她和刘勋的夫妻生活也不可能恢复了。一句话，一切都已经过去了。诗写得很委婉，很含蓄，很有味道，也很符合"温良敦厚"的诗教原则。

《玉台新咏》所载王宋《杂诗》的第二首写道：

> 谁言去妇薄？去妇情更重。千里不唾井，况乃昔所奉。远望未为遥，踌躇不得共。

比起曹丕所作，这首诗显得直露多了。曹诗中弃妇对往日的生活有眷恋，但对被休也有明显的不满；而这首诗则写去妇仍然情重，依旧痴情。无论是思想性还是表现手法似均稍逊一筹。

见挽船士兄弟辞别诗①

郁郁河边树，青青野田草。舍我故乡客，

将适万里道②。妻子牵衣袂③,抆泪沾怀抱④。
还附幼童子⑤,顾托兄与嫂。辞决未及终,严驾
一何早⑥。负筰引文舟⑦,饥渴常不饱。谁令
尔贫贱,咨嗟何所道⑧。

① 挽船士:即纤夫。

② 适:往。

③ 袂(mèi):袖子。

④ 抆(wěn):擦。

⑤ 还附:回身靠近。

⑥ 严驾:整治车马(准备出发)。

⑦ 负筰(zuó):背负纤板。筰,竹索。　文舟:有雕饰的
　 船只。

⑧ 咨嗟:感叹。

　　这首诗当与《清河作》、《清河见挽船士新婚与妻别
诗》前后而作。《清河见挽船士新婚与妻别诗》,是一首
"新婚别"诗,这首诗则是一首"兄弟别"。

中国古代诗歌描写纤夫的诗甚少，曹丕所作当是其最早者。《清河见挽船士新婚别作》仅仅在诗题点到"挽船士"，其内容和一般的夫妻别离并没有太大差异。而本诗不仅描写了"负笮"拉纤的动作，而且诉说了纤夫之苦。因为他贫穷，所以不得不干这种强体力活。纤夫拉纤，常常身不由己，来不及和妻儿好好告别，船家就催迫你上路。上了路之后，路途万里，又备受饥渴的折磨，看不到光明和希望。建安诗歌慷慨悲凉，就题材而言，论者更多关注的是那些反映战乱的作品，这当然不错。但像这篇反映纤夫——生活在社会最底层民众疾苦的诗歌，又何尝不是慷慨悲凉之作呢！

诗题"兄弟辞别"，而诗具体写的是弟与兄辞别。"妻子牵衣袂，挥泪沾怀抱，还附幼童子，顾托兄与嫂"。前两句是妻子相送，彼此难分难舍。后两句是将年幼的儿子托付给兄嫂，让他们照料。诗人有意选择这两个催人泪下的场景写别离，颇富艺术感染力。后来，大诗人杜甫有《三吏》、《三别》之作，那《三别》正是这一题材与形式的极致发挥。

曹　植

导　　言

　　曹植(192—232)，字子建，曹丕同母弟。其生平和创作，以曹操去世为界，可分为前后两个时期，即建安时期和黄初、太和时期。

（一）建安时期

　　曹植出生在董卓之乱后的第三年，按照他自己的话说，就是生于战乱，长于军旅之中。他自幼跟随曹操南征北战，往南一直到赤壁，往东临东海，往西望玉门，往北出玄塞，经历相当丰富，《白马篇》中"游侠儿"从军边塞或是曹植理想化的自我形象。一直到明帝太和年间，他还一再请缨，希望让他带一队人马，突刃触锋，前去擒孙权、杀诸葛亮，以期名垂青史。曹植自幼也有很好的文学修养，十余岁便能诵诗、论及辞赋数十万言，并喜欢小说。他写得一手好文章，曹操读后，曾怀疑不是出自曹植本人之手。曹植说，言出为论，下笔成章，愿当面一试，何必请人代笔？刚好邺城铜雀台落成，曹操率群从子侄登台，让每人当场都作一篇赋，曹植援笔立成，而且写得最好，曹操甚为奇异，从此对他特别宠爱。

黄河流域政治局面稳定之后，邺城成了曹丕、曹植兄弟以及文士游宴的乐园。曹植以贵公子的身份，过着美遨游的生活，斗鸡走马，驰射丰宴，在一日复一日的优游生活中，逐渐暴露"任性而行，不自雕励，饮酒不节"的弱点。相对来说，曹丕比曹植老成，他年长的身份又得到年老硕德大臣的认可，在争嗣的过程中，缺乏心术的曹植终于败下阵来，曹丕被立为太子。尽管如此，有着曹操的保护，曹丕、曹植间的关系尚无恶化的大迹象，曹植还是依旧参与太子举办的各种游宴活动，并以比较愉快的心情来写作《斗鸡》、《公宴》、《侍太子坐》等一类作品。

赠友之作在曹植早期的诗歌中占有较大比重。《送应氏》描绘了经过董卓之乱洛阳的残破不堪，二十多年已经过去,仍然惨不忍睹。曹植诗较少直接描写战乱以及战乱给社会带来的灾难,与他出身的时间较晚有关。曹植的文友王粲、徐幹、丁仪、丁翼等,都是一些有积极进取精神的文士,他们有时不免有不甚得志之叹,或许曹植体会出他们的心志,或许他们曾直接求过曹植,本就没有机会直接参与政事,或者根本就没有什么权力("惜哉无轻舟")的曹植,一直为未能帮上朋友什么忙而感到遗憾,因而只能希望朋友们采取"中和"的态度,等待机会。曹植对待朋友的情谊是相当诚挚的。

(二)黄初、太和时期

如果说北方基本统一之后,曹植是在"美遨游"中度过他青年时光的话,那么,自曹操去世之后,他的后半生则是在"忧生"中艰难捱过的。曹操一死,曹丕继任为魏王,立刻翦除曹植的羽翼,诛杀丁仪兄弟并丁家男口。曹植的寓言诗《野田黄雀行》对自己的无权无势不能救朋友于危难之际感到懊丧,这时他才感到曹丕布下的"罗网"是何等的凶残可怕。建安十九年(214),曹植被封为临淄侯,但一直住在邺城。曹丕杀了丁仪等后,下令诸侯全部就国,前往封地,曹植当然也在其中。黄初二年(221),监国谒者奏曹植"醉酒悖慢,劫胁使者",曹丕想治他的罪,幸赖卞太后保护才得以幸免。曹丕贬他为安乡侯,又改封鄄城侯。三年,封鄄城王,四年,徙封雍丘王。曹植与任城王曹彰、白马王曹彪一起入京师朝会,曹彰暴死,曹植在返国途中作《赠白马王彪》,忧伤慷慨,沉郁顿挫,淋漓悲壮。诗共分七章,章章紧密衔接,给人一气呵成之感,具有很高的艺术价值。

明帝太和元年(227),曹植徙封浚仪。二年,还雍丘。曹植怀抱远大,才能过人,而无所施用,曾上《求自试表》,慷慨陈词,以为"虽身分蜀境,首悬吴阙,犹生之年也"。三年,又徙东阿。自文帝即位,曹植所封之地都非常贫瘠,以致他常常过着衣食困窘的生活。东阿地方较为沃饶,曹植的物质生活得到某些改善,但是他的政治地位和处境没有得到好转,明帝仍然对他存有戒心,加以猜忌。曹植在《求通亲亲表》中一再陈述加固"本根"、提防他姓趁虚而入的观点,而在《杂诗》(转蓬离本根)、《吁嗟篇》等诗中,则再三嗟叹自己有类转蓬的离开株荄之痛。但是曹植的诗仍和他的散文一样，没有忘记对建金石之功、流永世之业的追求，《杂诗》(仆夫早严驾)等仍然具有早期诗歌高亢进取的精神，劲爽雅健的风骨。

曹植终于在郁郁寡欢中结束了他年仅四十一岁的生命。公正地说，比起曹丕卒时的四十岁，曹植也不算寿短，但他从前期的受到曹操宠爱，自由无拘束的生活，急剧转变到后期的不断受猜忌，遭谗言，被排挤倾轧，甚至险遭曹丕毒手，后人往往为之掬一把同情泪。但是，也因为他后期的遭遇，加上他过人的文才，一篇篇忧生愤懑的作品才如此感染一代又一代读者。比起曹操、曹丕，他传世的诗歌数量要多得多，他的四言诗写得很出色，但五言更突出，所以钟嵘称他为"建安之杰"。曹植的诗，除了具备建安的时代特色之外，其抒发个人遭遇，特别是忧生的嗟叹更带有个性色彩。曹操诗的古朴悲凉，一变而为曹丕的华丽便娟，再变而为曹植的词采华茂，文人抒情诗的意味越来越浓，对艺术的追求也越来越完美。建安诗歌，经过曹操、曹丕、曹植的努力(当然还有"七子"和蔡琰等),在中国诗歌史上展示了一次大的飞跃,大的辉煌。一千多年来,一直让人们赞叹不已。

泰山梁甫行[①]

八方各异气[②],千里殊风雨。剧哉边海民[③],寄身于草野。妻子象禽兽,行止依林阻[④]。柴门何萧条,狐兔翔我宇[⑤]。

① 泰山梁甫行:乐府诗题,一作《梁甫行》,原为葬歌,属《相和歌辞·楚调曲》。
② 异气:指风俗、习气不同。
③ 剧:甚。
④ 林阻:林木阻隔之地。
⑤ 翔:游走。 宇:指房屋。

这首诗的作年,有两种说法。一云作于建安十二年(207)曹植随曹操北征三郡乌桓途中,时年十六岁。一云作于明帝之时,曹植屡遭迁都,连遇瘠土,衣食不继,其属下"与禽兽乎无别,椓蠡螯而食蔬,摭皮毛以自蔽"(《迁都赋》)。我们偏向于前一种说法。因为曹植历次封地只有临菑近海,而临菑并非贫瘠之地,且是曹植的早期封地。

诗既然不是写在明帝太和时期,诗中所写的衣食无着等等,就不可能是曹植的自况。《泰山梁甫行》本是齐地的乐府民歌,齐地靠海,故诗中写的是"边海民"的生活。中国之大,各地的地理环境、气候条件、习俗风气也大不一样,曹植来到齐地海边,感受是很新鲜的。但是,这种新鲜无论如何也叫他快活不起来。因为他所见到的"边海民"的生活,其极端的贫困超出了他的想象之外,内地的广大地区虽然也经历战乱,绝大多数人的生活虽然也很不像样,但没有见过如此之"剧",如此之甚!作者用两个字来形容"边海民"极端贫困的窘境,那就是像"禽兽"。"禽兽",在这里既不是瞧不起人的话,更不是骂人的话。"边海民"的住所是"林阻",而"林阻"乃是禽兽出没的地方。"边海民"遂成天和狐兔相随,与狐兔为伍。曹植没有进一步描述"边海民"的衣食,但从他们的所住,读者自可以推想,既然是"禽兽",还有什么可穿可戴的? 既然是"禽兽",就不可能有人的食品。"边海民",其实就是生活等同禽兽的一群野人!

这首诗不仅是曹植反映民间疾苦的一篇重要作品,也是整个建安诗坛反映民间疾苦最重要的作品之一。诗歌采用了齐地民歌的形式,没有任何雕饰,语言明白如话,与作者另一些词采华丽的诗歌风格很不相同。

斗　鸡①

游目极妙伎,清听厌宫商②。主人寂无为,众宾进乐方③。长筵坐戏客④,斗鸡观闲房⑤。群雄正翕赫⑥,双翘自飞扬⑦。挥羽邀清风,悍目发朱光。觜落轻毛散⑧,严距往往伤⑨。长鸣入青云,扇翼独翱翔。愿蒙狸膏助⑩,常得擅此场⑪。

① 斗鸡：《乐府诗集》卷六十四作《斗鸡篇》，属《杂曲歌辞》。

② 厌：厌倦。　宫商：指代音乐。

③ 乐方：娱乐的方式。

④ 筵：坐席。

⑤ 闲房：宽大的房子。

⑥ 翕(xì)赫：凶猛的样子。

⑦ 翘：尾部长毛。

⑧ 觜：鸟口。

⑨ 严：强壮有力。　距：鸡附足骨，此指鸡爪。

⑩ 狸膏：涂于斗鸡头部的一种野猫脂膏，可减少被啄痛苦。

⑪ 擅：专，指胜出。

　　建安十六年(211)，曹丕为五官中郎将、副丞相，曹植也被封为平原侯，兄弟俩以贵公子的身份，在邺城过着游宴的生活，聚集在他们身边一起游乐、创作诗赋的有王粲、徐幹、陈琳、阮瑀、应玚、刘桢等人。

　　出一个题目，大家一起来作诗作赋，时间可能还要早一些。建安十四年(209)，曹军由赤壁还襄阳，王粲、陈琳、应玚分别作有《神女赋》，同年七月，曹军自涡入淮,曹丕命王粲同作《浮淮赋》。建安十五年(210),曹操在邺城兴建铜雀台,命诸子登台作赋,曹植挥笔即成,曹操不能不对他另眼相看。《斗鸡》诗当也是邺城游宴时好几个人一起作的一个题目,除了曹植这首外,流传下来的还有刘桢和应玚各一首。由于是同题共作,诗人无论在构思或遣词命意方面都不能不多加用心,以求"胜出"。曹植诗最精彩的要算"群雄正翕赫"以下八句,传神入态地写出了斗鸡的威猛:斗鸡翘起尾巴,竖起羽毛,目光如炬。虽然它嘴边的毛斗落了,脚趾斗伤了,然而最终取得了胜利。你看它拍打双翅,长鸣飞起,睥睨群雄,可谓不可一世。如此生动形象的描绘,充分显示了曹植的过人才华。

刘桢诗今存十句,疑非全篇。十句所写正好是斗鸡的场面:

> 丹鸡被华采,双距如锋芒。愿一扬炎威,会战
> 此中唐。利爪探玉除,瞋目含火光。长翘惊风起,
> 劲翮正敷张。轻举奋勾喙,电击复还翔。

应场诗共十八句,在此权且摘录有关斗鸡场面的八句:

> 双距解长缑,飞踊超敌伦。芥羽张金距,连战
> 何缤纷。从朝至日夕,胜负尚未分。专场驱众敌,
> 刚捷逸等群。

刘桢诗描写还算细致,可惜未能写出斗鸡的神采。至若
应场诗,相比而言就更显得一般了。

公　宴

> 公子敬爱客[①],终宴不知疲。清夜游西
> 园[②],飞盖相追随[③]。明月澄清影,列宿正参
> 差[④]。秋兰被长阪,朱华冒绿池[⑤]。潜鱼跃清
> 波,好鸟鸣高枝。神飙接丹毂[⑥],轻辇随风移。
> 飘飘放志意[⑦],千秋长若斯[⑧]

① 公子:指曹丕。

② 西园:见前曹丕《芙蓉池作》注。

③ 飞盖：轻快如飞的车子。盖，车盖，用以指代车乘。

④ 列宿：列星。

⑤ 朱华：指荷花。华，通"花"。　冒：覆盖。

⑥ 神飙：清风。飙，回风。　毂（gǔ）：车轮中心的圆木。

⑦ 飘飖：这里有逍遥的意思。

⑧ 若斯：如此。

　　本诗作年当与曹丕《芙蓉池作》同。当时同作有《公宴》诗的还有王粲和刘桢，陈琳则作有《宴会》诗。

　　二十岁左右的曹植，正在走向美好的人生，何况又有曹操的偏爱。这时候，他没有过多的忧虑，他手下的那些属官还来不及给他出这样那样的主意，当然，曹丕也许也还没有感到这位同母弟弟对他有什么威胁。曹丕举办各式各样的游宴活动，曹植很自然地融入其中，青春、美酒、明月、清风、兰花、芙蓉，在这首诗中我们感受到他和邺下文人们的愉悦。"文人骋其妙说兮，飞轻翰而成章"（《娱宾赋》），诗人下笔是如此轻灵，这在整部曹植的集子里也是非常少见的。比较曹丕的《芙蓉池作》,曹丕在快意的游遨中,突然插入"寿命非松乔,谁能得神仙",未免使人稍觉凝重,没有曹植诗这样爽朗流丽。

本诗景物描写相当精工细致,"秋兰被长阪"以下两联,已是相当华美的俪句,与曹丕的《芙蓉池作》一样,对魏晋以后的诗歌美学有相当大的影响。当然,随着《公宴》一类诗歌的出现,中国古代应酬类作品也随之应运而生,这大概是邺下文人集团所未曾料到的。

送　应　氏①

步登北邙阪②,遥望洛阳山。洛阳何寂寞,宫室尽烧焚。垣墙皆顿擗③,荆棘上参天。不见旧耆老④,但睹新少年。侧足无行径⑤,荒畴不复田⑥。游子久不归,不识陌与阡。中野何萧条,千里无人烟。念我平常居⑦,气结不能言。

① 应氏：指应玚、应璩兄弟。应玚（172？—217），字德琏，汝南（今属河南）人。先为曹操丞相掾属，后转为平原侯曹植庶子、五官中郎将曹丕文学。"建安七子"之一。应璩，字休琏，魏明帝时历官散骑侍郎，典著作。

② 北邙：山名，即邙山，在洛阳城北。阪：斜坡。

③ 顿擗：倒塌崩裂。

④ 耆（qí）老：老人。

⑤ 侧足：置足。

⑥ 畴：耕种过的土地。　田：用作动词，指耕种。

⑦ 我：指"游子"，即应氏。　平常居：一作"平生亲"。

　　建安十六年（211），曹植被封为平原侯，应玚为平原侯庶子。这一年，曹操征马超，曹植从征，由邺城出发，西经洛阳，在洛阳送别应氏兄弟。

　　中平六年（189），董卓乱。次年，各州郡起兵讨董，董卓胁迫年幼的献帝西迁长安，强迫百万吏民随往，并焚烧洛阳宫殿，挖掘帝陵，曹操有诗记其事："荡覆帝基业，宗庙以燔丧。播越西迁移，号泣而且行。"（《薤露

行》)过了两年,曹植出生在烽火连天的战争中。建安
元年(196),献帝迁都许昌,名都洛阳的昔日繁华一去
不返,城在兵荒马乱的岁月中日益破败。十几二十年过
去了,已经长大成人的曹植从征来到洛阳,发出了老成
的感叹:"不见旧耆老,但睹新少年。"虽然他反映战乱
及其给社会带来危害的作品不多,本篇却是很集中、很
有代表性的一篇。论者常常从数量着眼,以为曹植这方
面的诗作远不如曹操,也不如曹丕,这当然不错。不过,
应当注意的是,曹植是在董卓作乱后三年才出生的,其
阅历自然远远浅于曹操,也稍逊于曹丕,似不当单凭这
一点来论"三曹"的优劣。

　　这首诗前十句写眼前洛阳的残破,亦即写了送别应
氏兄弟的背景。后六句则是设想应氏还归汝南路途的
荒凉。洛阳残破,大乱肯定会波及其东南的汝南,诗人
不能不心系应氏归途的情事:昔日的阡陌已经难于辨
识,田野一片萧条,千里荒芜没有人烟,乱中送别,一片
感伤,足见他对朋友的一片深情。"气结不能言",结句
显得苍劲有力。

送 应 氏

　　清时难屡得①，嘉会不可常。天地无终极，
人命若朝霜。愿得展嬿婉②，我友之朔方③。
亲昵并集送④，置酒此河阳⑤。中馈岂独薄⑥，
宾饮不尽觞。爱至望苦深⑦，岂不愧中肠⑧？
山川阻且远，别促会日长⑨。愿为比翼鸟，施翮
起高翔⑩。

① 清时：太平之时。

② 展：申。　嬿婉：安顺。

③ 我友：指应氏兄弟。　朔方：北方。

④ 亲昵：亲戚朋友。昵，近。指朋友。

⑤ 河阳：指孟津渡，在今河南孟县南。

⑥ 中馈：指饯行的酒食。

⑦ "爱至"句：恩爱至极，期望很深。

⑧ "岂不"句：难道内心不感到羞愧吗？从字面看，应氏似有
　　求于曹植，而曹植未能办到，故感愧疚。

⑨ 长：久远。

⑩ 施翮(hé)：展翅。翮，羽茎。此指代翅膀。

　　上一首的丧乱中惜别，已为这首诗描写别宴奠定了苍凉的气氛。更何况应氏兄弟对曹植恩爱至深，期望也甚高，而曹植却无能为力，力不从心，对即将离去的朋友深感愧疚，更增添了许多悲慨。

　　"清时难屡得"、"人命若朝霜"，都承上一首战乱而来，在兵荒马乱的年代，人人都有朝不保夕之虑。诗人以天地的无穷无极，反衬人性命的极其短暂，而且短暂到有如朝霜，简直只有瞬隙而已。因此生命、友情、嘉会都更值得珍惜。这次离别，对曹植和应氏来讲都不能说不重要，别筵对宾主来说也并不是不丰富，但是大家都不能畅饮，不能尽兴。曹植因没有能力帮助朋友而心里感到很不痛快。读到这里，我们回过头来领会上一首的"气结不能言"及篇首的"清时难屡得"，就可以领悟到它的深意。"气结不能言"，恐怕不仅仅是对伤乱而言，"清时难屡得"似乎讲的也不仅仅是天下不太平，大约还有一层正直为俗世所不容的难言之隐在其中。诗人感到无可奈何,唯一能想到的,只有设想自己与朋友俱往,愿自己的一片真情一路陪伴着应氏兄弟,慰藉他们的孤寂。

多数选本对这两首《送应氏》诗,较多关注前一首,因为前者反映了社会动乱的现实。其实,诗人送应氏的深旨则在第二首。当然,第二首如果没有第一首慷慨悲凉基调的铺垫,也不可能写得如此感人至深。

赠 王 粲①

端坐苦愁思,揽衣起西游②。树木发春华,清池激长流③。中有孤鸳鸯④,哀鸣求匹俦⑤。我愿执此鸟⑥,惜哉无轻舟⑦。欲归忘故道,顾望但怀愁。悲风鸣我侧,羲和逝不留⑧。重阴润万物⑨,何惧泽不周⑩?谁令君多念⑪,遂使怀百忧。

① 王粲(177—217)：字仲宣，山阳高平(今山东邹县西南)
　　人。建安十三年(208)，任丞相掾，受爵关内侯。魏国建立
　　后，以军谋祭酒拜侍中。建安二十二年(217)卒于征孙权
　　道中。"建安七子"之一。

② 西游：游于西园。

③ 清池：指邺城的玄武池。

④ 孤鸳鸯：喻王粲的孤独。

⑤ 匹俦：指伙伴。

⑥ 执：这里有接近的意思。

⑦ 无轻舟：喻没有机会接近王粲，隐含自己没有权势帮助王
　　粲之意。

⑧ 羲和：神话中的日御(为太阳驾车者)，这里指日。

⑨ 重阴：密云，喻曹操(时为丞相)。

⑩ 泽：雨露，这里指施布恩泽。

⑪ 君：指王粲。

　　西园是邺下文人游览的绝好去处，曹丕、曹植兄弟
和其他文人的诗文常常提及这个地方。曹植这首诗是
写给王粲的，我们不妨先看看王粲与这首诗有关的一首

《杂诗》：

> 日暮游西园，冀写忧思情。曲池扬素波，列树
> 敷丹荣。上有特栖鸟，怀春向我鸣。褰衽欲从之，
> 路险不得征。徘徊不能去，伫立望尔形。风飙扬尘
> 起，白日忽已冥。回身入空房，托梦通精诚。人欲
> 天不违，何惧不合并。

王诗和曹诗一样，都是十六句。但细读两诗，似是王粲诗写在前，而曹植诗作于后。"赠王粲"，其实是"拟王粲"或"答王粲"。王诗首四句写了希望通过游西园，欣赏园池树木之美来宣泄忧思；曹诗则写因愁苦而游园，得见树木园池之美。二诗于写作顺序稍有变化。次四句，王诗"特栖鸟"，意即"独栖鸟"，因路险而不可接近它；曹诗也写想接近孤独之鸟（鸳鸯），可惜没有交通工具（轻舟），一写陆路，一水路，稍稍不同。再次四句，两诗的立意也完全相同，写不忍离开那孤独之鸟，无奈时不待人。只不过曹植诗情感色彩更浓厚一些，直接用了"愁"、"悲"这样哀苦的字眼。王粲诗最后四句托情于

梦,是自我慰藉的话,认为只要精诚,天必不违其意。曹植诗"重阴润万物,何惧泽不周",意略同于王粲的"人欲天不违,何惧不合并"。其结尾二句,"君"指王粲,"多念"、"百忧"则指王粲之诗。

如果上面的分析大抵不错,那么可以看出王粲在初归曹操之后,心情并不怎么愉快,可能并未受到重用,所以希望有人能理解他、同情他、帮助他。因而曹植在诗中表示了对他的同情和理解,并委婉地表示自己没有权势,难以在仕途上为他出力。平心而论,曹植这首诗与王粲的《杂诗》,在艺术上并无高下之分,因为作于王诗之后,还有意对王诗进行模仿,并于模仿中曲折地表达情感,起到了慰藉朋友的作用。这就是本诗不同于作者其他作品的地方。

弃 妇 诗①

石榴植前庭,绿叶摇缥青②。丹华灼烈烈③,璀采有光荣④。光荣晔流离⑤,可以处淑灵⑥。有鸟飞来集，拊翼以悲鸣⑦。悲鸣夫何为？丹华实不成⑧。拊心长叹息⑨，无子当归宁⑩。有子月经天⑪，无子若流星。天月相终始，流星没无精⑫。栖迟失所宜⑬，下与瓦石并⑭。忧怀从中来，叹息通鸡鸣⑮。反侧不能寐，逍遥于前庭。踟蹰还入房⑯，肃肃帷幕声⑰。搴帷更摄带⑱，抚弦调鸣筝⑲。慷慨有余音，要妙悲且清⑳。收泪长叹息，何以负神灵？招摇待霜露㉑，何必春夏成？晚获为良实，愿君安且宁。

① 弃妇诗：一作"弃妇篇"。

② 缥：浅青色。

③ 丹华：红花。华，通"花"。　灼：烧。比喻榴花繁盛艳红如火。

④ 璀采：同"璀璨"。

⑤ 晔（yè）：光辉的样子。　流离：产于西域的火齐珠。

⑥ 淑灵：神灵，即下文的鸟。

⑦ 拊翼：拍打翅膀。

⑧ 实：果实。这里指代妇女生子。

⑨ 拊心：拍胸。

⑩ 归宁：古代女子出嫁后回娘家叫归宁,这里指被休弃。古代休妻有"七出"的规定,其中一条为无子可以休弃。

⑪ 经：行。

⑫ 没：灭。　精：光。

⑬ 栖迟：游息。

⑭ 并：等同。

⑮ 通：至。

⑯ 踟蹰：徘徊。

⑰ 肃肃：形容帷幕的响声。

⑱ 摄：结。

⑲ 抚弦：指弹琴。

⑳ 要妙：飘渺。

㉑ 招摇：指代神话中招摇山上的桂树。

　　曹丕有《代刘勋出妻王氏作》(一作王宋《杂诗》),讲的是平虏将军刘勋妻王宋无子被出的事,如果曹植这首《弃妇诗》也是以刘勋妻王氏为背景，那么诗也当是其前期的作品。

曹植诗喜用"慷慨"一词，除了本诗"慷慨有余音，要妙悲且清"外，还可以举出数例：

> 薇藿弗充虚，皮褐犹不全。慷慨有悲心，兴文自成篇。——（《赠徐幹》）

> 抚剑西南望，思欲赴太山。弦急悲声发，聆我慷慨言。——（《杂诗》）

> 愿得展功勤，输力于明君。怀此王佐才，慷慨独不群。——（《薤露行》）

> 秦筝何慷慨，齐瑟和且柔……惊风飘白日，光景驰西流。盛时不可再，百年忽我遒。生存华屋处，零落归山丘。——（《箜篌引》）

"慷慨"，既有壮士不得志于心之意，也有通常意义上的激烈悲叹的含义。曹植诗"慷慨"就其内容来分析，大抵有四方面：反映社会动乱；抒发建功立业的思想；忧生之嗟；其他社会问题。弃妇或出妻，就是当时的一个社会问题，曹植除了这篇《弃妇诗》，还有一篇《弃妇赋》，可见作者对这个问题的重视。建安诗歌慷慨悲凉的诗风，固然主要表现在反映社会动乱和抒发建功立业方面，而就曹植诗言之，忧生之嗟和有关社会问题（如弃妇），在其集中也占有一定的篇幅。

不生育男孩而被休弃，在当时肯定不止一个刘勋妻王宋。生了男孩，有如明月运行中天一样耀眼明亮；没有男孩，就如流星之光采消失殆尽一般。"有子"四句的比喻概括，在当时具有普遍的社会意义。所以，解读本诗不必坐实于刘勋妻这单一事件。

这首诗是以弃妇致其夫君的口气来写的。诗之起首以庭前石榴的花繁无实借喻弃妇自己的容颜美好却无子，随即又引出鸟代树悲的细节，用笔曲折新奇。诗中间部分点破无子被休弃的题旨，表现了被休弃的痛苦，叙其将归未归的百无聊赖。最后，申言自己无辜，希望夫君不要草率行事，因为现在无子，不等于将来无子，就像冬晚结子的桂树，未必不如春夏开花结实的石榴。"晚获为良实"，不仅回应篇首石榴花叶，耐人回味，而且在结构上显得整严而有章法。

赠　徐　幹①

　　惊风飘白日,忽然归西山。圆景光未满②,
众星灿以繁。志士营世业③,小人亦不闲④。
聊且夜行游,游彼双阙间⑤。文昌郁云兴⑥,迎
风高中天⑦。春鸠鸣飞栋⑧,流猋激櫺轩⑨。顾
念蓬室士⑩,贫贱诚足怜。薇藿弗充虚⑪,皮褐
犹不全⑫。慷慨有悲心,兴文自成篇⑬。宝弃
怨何人?和氏有其愆⑭。弹冠俟知己⑮,知己
谁不然⑯?良田无晚岁,膏泽多丰年⑰。亮怀
玙璠美⑱,积久德愈宣⑲。亲交义在敦⑳,申章
复何言㉑?

　　① 徐幹(171—218):字伟长,北海剧(今山东乐昌东)人。约
　　　在建安十三年(208)前不久,应曹操之命,出任军谋祭酒,
　　　历五官中郎将文学、临淄侯文学。建安二十三年(218)

病故。

② 圆景：指月。　光未满：指月未全圆。

③ 世业：大业。

④ 小人：曹植自己戏称。

⑤ 双阙：在邺城文昌殿外，端门左右。

⑥ 文昌：邺宫正殿名。　郁：盛貌。　云兴：如云之升起。

⑦ 中天：半天。极言其高。

⑧ 飞栋：指高高的屋宇。

⑨ 流猋：旋风。猋，同"飙"。　櫺（líng）轩：窗户。櫺，窗间
　　的孔格。

⑩ 蓬室士：指徐幹。蓬室，以蓬草为门的陋简房屋。

⑪ 薇藿：指野菜、野豆之类。　充虚：充饥。

⑫ 褐：粗布短衣。

⑬ 兴文：指文学创作。徐幹曾著《中论》二十余篇，"成一家
　　之言，辞义典雅，足传于后"（曹丕《与吴质书》）。

⑭ "宝弃"二句：用《韩非子》和氏献璧典故，喻有才能的人不
　　为世用，是举荐者的过失。宝，指徐幹；和氏，曹植自指。
　　愆，过失。

⑮ 弹冠：出仕前先弹去帽子上的灰尘。典出《汉书·王吉

传》："王阳在位，贡公弹冠。"颜师古注："弹冠者，且入仕也。"俟：等待。

⑯ 不然：不是这样(即自己也被弃用)。

⑰ 膏泽：与前"良田"均喻有德有才的人。

⑱ 亮：信。　怀：抱。　玙璠：美玉，喻美德。

⑲ 宣：明显。

⑳ 亲交：亲近的朋友。　敦：敦劝。

㉑ 申章：指写这首诗。

　　在"建安七子"中，以徐幹最为淡泊。建安二十一年(216)，他称疾避事，专心写作《中论》。当时，徐幹的生活相当困难，甚至有时还绝粮断炊。诗中说他住在蓬室，以薇藿充饥，衣服不整，当非夸大之辞。但他仍养其浩然之气，"上求圣人之中，下救流俗之昏"，写下《中论》二十余篇。曹植相当感动，不仅在《与吴质书》中列之于"不朽"之列，并作诗相赠。

　　徐幹贫贱著书，沉沦不仕，犹如瑰宝被弃，十分可惜，曹植认为自己举荐无力，也有责任。诗中用了和氏献宝的典故，颇为新奇。通常的用法，都是指责楚王不识宝，对和氏寄予同情。可曹植却以和氏自喻，说和氏也有责任，以至未能将宝举荐上去。本来，说到这里也就可以了，而曹植则更深入一层，说荐宝的和氏与宝一样也在被弃之列，委婉而形象地体现了自己的处境，表达了自己心中的苦闷和不快。虽然贵为公子，手中却无一点点职权，帮不上朋友什么忙。他只有劝勉徐幹，只要胸怀德义，还是会有出头之日的。

曹植诗的工于发端，历来受到讨论家的称道。有人形容说，起句就好像爆竹一样，响得快，一下子就能抓住读者的心。"惊风飘白日，忽然归西山"，就是曹植诗中很出色的发端。体会这首诗的前四句，无非是说太阳匆匆下山，天上挂着弦月，繁星闪烁。而曹植却说，太阳一下被风刮跑了，瞬间归落西山。风原本只有急缓、大小、清浊之类的区分，而没有什么惊与不惊的差异，"惊"字注入了诗人非常强烈的情感。风因惊而倏起，因倏起而吹走了太阳，更见时日飞驰，昼夜交替的快捷，也就能引发诗人对朋友——"蓬室士"徐幹的"顾念"。"惊风飘白日,忽然归西山",倏忽之间何其短;"良田无晚岁,膏泽多丰年",期待晚岁,期待丰年,时日又何其长。诗人的怨恨尽在其中。曹植诗作之工于发端者,除此之外,尚有"高台多悲风,朝日照北林"(《杂诗》)、"从军度函谷,驱马过西京"(《赠丁仪王粲》)、"鰕䱇游潢潦,不知江海流"(《鰕䱇篇》)等。

离   友

　　乡人有夏侯威者①,少有成人之风②。余尚其为人③,与之昵好④。王师振旅⑤,送余于魏邦⑥。心有眷然⑦,为之陨涕⑧,乃作《离友》之诗。其辞曰:

　　王旅旋兮背故乡⑨,彼君子兮笃人纲⑩,媵予行兮归朔方⑪。驰原隰兮寻旧疆⑫,车载奔兮马繁骧⑬。涉浮济兮泛轻航⑭,迄魏都兮息兰房⑮,展宴好兮惟乐康⑯。

① 夏侯威：字季权,谯(今安徽亳县)人,魏将夏侯渊之子,与曹植同乡。

② 风：风尚,风度。

③ 尚：推崇。

④ 呢好：亲近友善。

⑤ 王师：指曹操的军队。　振旅：回师。

⑥ 魏邦：魏国,指邺城。

⑦ 眷：恋。

⑧ 陨涕：落泪。

⑨ 背故乡：指离谯至邺城。

⑩ 彼君子：指夏侯威。　笃：厚。　人纲：伦理准则,这里指友情。

⑪ 滕：送。　朔方：指谯之北面的邺城。

⑫ 原隰：广平低湿之地。　寻：往。　旧疆：指邺城。

⑬ 繁骧：急驰。

⑭ 浮济：顺着济水而行。济,济水,古水名。其河北部分源于河南济原县王屋山,东南注入黄河。　轻航：即轻舟。

⑮ 兰房：即华屋。

⑯ 宴好：宴饮以通情结好。

建安十八年（213），曹操被册封为魏公，回到故乡谯，曹植、曹丕从行，这首诗即作于由谯返邺之后。诗因思念乡人夏侯威而作，夏侯威虽未成年，但已有成年人的风概。这一年，曹植仅二十二岁，估计与夏侯威年龄相仿。曹植回到故乡，与夏侯威融洽交好。曹植要返回邺城，夏侯威前去送行，一时两人泪流满面，依依不舍。这首诗即纪其事。

战乱的年代催人早熟，使人能通过多种锻炼获得应付各类事变的能力。曹操带领年少的曹丕、曹植兄弟南征北战，恐怕就是出于这种考虑。但是，二十来岁的青年天性自在，看重友谊，珍惜情感。朋友的离别，成为其青年时代难以释怀的大事。曹植与少年夏侯威间难分难舍的惜别之情，展示了他年轻时期性格的一个方面。

离　　友

凉风肃兮白露滋①，木感气兮条叶辞②。临渌水兮登重基③，折秋华兮采灵芝④，寻永归

兮赠所思⑤。感离隔兮会无期,伊郁悒兮情
不怡⑥。

① 肃:清寒。　滋:盛。

② 条叶辞:即叶辞条。指树叶脱落。

③ 重基:高山。重,一作"崇"。

④ 秋华:指菊花。

⑤ 所思:指夏侯威。

⑥ 伊:发语辞。　郁悒:苦闷忧愁。

　　上一首诗主要写离谯返邺及离情别绪,这一首则写
物候变化,思念远在谯地的友人及其忧愁苦闷。这两首
诗的诗序说,夏侯威"有成人之风","余尚其为人",可
知他是颇有风尚的少年。诗中写到将"折秋华"、"采灵
芝"以赠送远方的友人,暗用张衡《思玄赋》"缤幽兰之
秋华兮,又缀之以江离"及《九歌》"采三秀(据王逸注即
灵芝)兮山间"、"折芳馨兮遗所思"之典,用"秋华"、
"灵芝"作为对夏侯玄品质的赞颂。

骚体诗作为一种诗体,产生在公元前四世纪的楚地,最重要的诗人是屈原。到了汉初,仍有不少人作骚体诗,但它的形式更多的是被骚体赋所袭用。到了东汉,较有名的骚体诗只有张衡的《四愁诗》。在"三曹"所有的诗歌中,我们今天见到的骚体诗只有曹丕的《寡妇》诗和曹植的这两首诗(《初学记》卷十八还引有曹植《离友》诗佚句:"日匿景兮天微阴,经迥路兮造北林。"可见本诗不止两首)。《寡妇》诗通篇为六言,这两首诗则为七言。我们知道,曹丕在诗歌创作上很重视表现形式的探讨,他的六言、七言、杂言曾对后世诗歌形式的发展有很大影响。较之于曹丕,曹植对五言诗的写作则更加专注,钟嵘说他是"建安之杰",也是立足于五言说的,而在建安诗坛骚体诗创作并不多见的情况下,曹植的这两首《离友》诗就值得重视了。

杂　　诗

飞观百余尺①,临牖御棂轩②。远望周千

里③,朝夕见平原。烈士多悲心,小人偷自
闲④。国仇亮不塞⑤,甘心思丧元⑥。抚剑西南
望⑦,思欲赴太山⑧。弦急悲声发,聆我慷
慨言。

① 飞观:高高凌空的宫阙。

② 临牖(yǒu):当窗。 槛轩:指护栏。

③ 周:遍。

④ 偷:苟且。

⑤ 国仇:指吴国。 亮:诚然。 塞:杜绝。

⑥ 丧元:掉脑袋。元,首。

⑦ 西南:喻指蜀地。一说,亦指吴地。

⑧ 赴太山:此指捐躯。汉魏间人以为人死后魂魄归于太山
   (同"泰山"),因云。

萧统《文选》录曹植《杂诗》六首,本篇是第六首。
这六首诗非一时一地而作,所以本书没有沿用《文选》
的编法,而大体根据作年,分别编于前期或后期。

建安十九年(214),曹操东征孙吴,留曹植守邺城。留守的曹植想象南下大军军威的无比强盛,相信东夷必克,因而写下一篇《东征赋》:

> 登城隅之飞观兮,望六师之所营。幡旗转而心异兮,舟楫动而伤情。顾身微而任显兮,愧责重而命轻。嗟我愁其何为兮,心遥思而悬旌。师旅凭皇穹之灵祐兮,亮元勋之必举。挥朱旗以东指兮,横大江而莫御。循戈橹于清流兮,泛云梯而容与。禽元帅于中舟兮,振灵威于东野。

赋文不仅赞颂了曹军,表达了必胜的信念;同时也为自己不能亲赴前线而感到忧愁,他的心已随着飘拂的幡旗,摇动的舟楫,飞到了遥远的战场。为此,曹植又写下这首决心为国捐躯、情调激昂高亢的诗篇,以抒发其怀抱。

曹操《苦寒行》、曹丕《黎阳作》都是描写某一具体战役的作品,慷慨而略显苍凉。曹植这首诗虽与征吴之役有关,但它并没有具体描写征战的过程,而只是表达一种粉身碎骨也在所不辞的报国心志。虽然诗中也有

"悲心"、"悲声"这样的字眼,但整首诗却充满鼓舞人心
的力量:"国仇亮不塞,甘心思丧元。抚剑西南望,思欲
赴太山。"铿锵有力,掷地有声,除阮籍《咏怀诗》中的
"壮士何慷慨,志欲威八荒……临难不顾生,身死魂飞
扬"等极少数诗篇可与比肩,在其后整个六朝诗坛,就
再难找到类似的作品了。

这首诗还成功塑造了年轻诗人虎虎生风、咄咄逼人
的自我形象。他凭轩立于百尺高楼,两眼发亮,环顾千
里,手抚宝剑,威武雄豪,英迈无比。他不仅与那个飞盖
相拥、夜游西园,"飘飘放志意"的贵公子简直判若两人;
而且,更与后来十一年中三徙都城、闷闷不乐的王侯迥然
有别。诗中的曹植不是人们常说的三河风流少年,他是
战士,是斗士,是勇士,更是希望大有作为的刚烈之士!

白 马 篇①

白马饰金羁②,连翩西北驰③。借问谁家
子,幽并游侠儿④。少小去乡邑,扬声沙漠

垂⑤。宿昔秉良弓⑥,楛矢何参差⑦。控弦破左
的⑧,右发摧月支⑨。仰手接飞猱⑩,俯身散马
蹄。狡捷过猴猿,勇剽若豹螭⑪。边城多警急,
虏骑数迁移⑫。羽檄从北来⑬,厉马登高堤⑭。
长驱蹈匈奴,左顾陵鲜卑⑮。弃身锋刃端⑯,性
命安可怀⑰? 父母且不顾,何言子与妻? 名编
壮士籍,不得中顾私。捐躯赴国难,视死忽
如归。

① 白马篇:乐府诗题,属《杂曲歌辞·齐瑟行》。

② 金羁:金饰马笼头。

③ 连翩:迅急的样子。

④ 幽、并:均古代州名。幽州故地在今河北北部、辽宁西南一
带,并州故地在今山西中北部。

⑤ 垂:通"陲",边陲。

⑥ 宿昔:往日。　秉:持,拿。

⑦ 楛(hù)矢:用楛木做的箭。

⑧ 控弦:张弓。　左的:左边的箭靶。

⑨ 月支：箭靶名。

⑩ 飞猱(náo)：与下"马蹄"均为飞动的箭靶名称。

⑪ 剽(piāo)：轻捷。螭(chī)：一种似龙的动物。

⑫ 虏骑(jì)：指匈奴、鲜卑的骑兵。

⑬ 羽檄(xí)：一种紧急文书，以加插羽毛，故称。

⑭ 厉马：催马。

⑮ 左顾：回顾。　陵：压。　鲜卑：北方少数民族。

⑯ 弃：一作"寄"，置。

⑰ 怀：顾惜。

　　这首诗为曹植前期的作品。

　　一匹高大的白色骏马，金灿灿的马络头在阳光下熠熠发光，向西北方向急驰而去。渐渐地，人们终于清晰地看到了他的身影。马上的健儿是谁呢？诗歌开头两句并没有作出交代。这样的描写手法，很有点像现代电影的拍摄镜头：背景广阔，由远及近，先马后人，轮廓渐渐清楚，从而给读者（观众）留下深刻印象。这样的开篇，起了统领全局的作用。

马上的健儿原来是幽州、并州一带的游侠儿。游侠在史学家司马迁的笔下,是那些言必信,行必果,已诺必诚,不惜其躯一类人的通称。曹植借用他来形容马上健儿,主要着眼于不惜其躯而为国立功这一点上。诗人说,健儿立功扬名于边陲已非一日,连翩西北而驰当然也非第一次。健儿武艺高强,一是"狡捷",一是"勇剽"。狡捷,故能应付突发事端;勇剽,故能一往无前。勇剽为虚写,狡捷为实写。左破右发,仰手俯身,马上健儿的英姿栩栩如生。

那么,健儿又为什么急匆匆向北驰去呢?原来是"羽檄从北来",边境告警,十万火急的文书到了,捐躯赴国难的机会来了。健儿没有一点犹豫,也没有一点彷徨。"弃身锋刃端"以下至结尾八句全是议论,可谓情怀慷慨,意气昂扬!其实,马上健儿的英武形象,乃是曹植自我形象的写照。曹植生于乱世,多历忧患,长于军马,从小随曹操南征北战,遂立志建金石之功,留永世之名。中国古代传统,人生在世,讲究立功、立德和立言,并把立功放在首位。曹植虽擅长文学,却同时轻视文学,视辞赋为小道,遵从传统,始终念念不忘为国建功立业这样的头等大事。这首诗所反映所表现的,正是他对为国建立功业的迫切愿望及为此而愿不惜一切的豪迈气概。

赠　丁　仪^①

　　初秋凉气发,庭树微销落^②。凝霜依玉除^③,清风飘飞阁^④。朝云不归山,霖雨成川泽^⑤。黍稷委畴陇^⑥,农夫安所获^⑦?在贵多忘贱,为恩谁能博?狐白足御冬,焉念无衣客^⑧?思慕延陵子,宝剑非所惜^⑨。子其宁尔心^⑩,亲交义不薄^⑪。

① 丁仪(?—220):字正礼,沛郡(今安徽濉溪)人。"少有才姿,博学洽闻。"建安中曾为黄门侍郎。与曹植亲善,曾力劝曹操立曹植为嗣(太子)。曹丕即位后,即诛杀丁仪及其弟丁廙。

② 销落：零落。

③ 玉除：玉阶，即白石台阶。

④ 飞阁：很高的楼阁。

⑤ 霖雨：下了多天的雨。

⑥ 委：弃。　畴陇：亦作"畴垅"，即田埂。

⑦ 安所：何可。

⑧ "狐白"二句：据《晏子春秋》载，齐景公披狐白之裘，坐于堂侧，对晏子说："下了三天雪，天还不冷，为什么呢？"晏子说："贤君自己吃饱了，还应知道他人的饥饿；穿暖了，还应体恤他人的寒冷。"

⑨ "思慕"二句：延陵子：指吴公子季札。据《新序》载，延陵季子访晋，途经徐国。徐君脸上露出喜爱季子所佩宝剑之色，嘴上却不说。季子虽知其意，但有使命在身，打算待完成使命返回时，再将剑送他。没想到待他重过徐时，徐君已死。季子便将宝剑挂在他坟前的树上而去。

⑩ 宁：安静。

⑪ 交：朋友。

　　曹植和曹丕在谁最终被立为太子这件事上有利害

冲突,不仅兄弟关系受到影响,而且生活在他们周围的
一些人亦受到牵连。比如与曹植交好的丁仪很有才干,
曹操在见到他之前,就有意将女儿许配给他,但曹丕出
于政治上的考虑,却以丁仪瞎了一只眼睛而加以阻止反
对。后来,曹操见到了丁仪,并同他交谈论事,不觉后
悔,说:"这么好的文士,即使两只眼全瞎了,也该将女
儿嫁他,何况只坏了一只眼。曹丕误我大事!"曹操一
度偏爱曹植,原本想立他为太子,丁仪又盛赞其事。后
来,曹丕被立为太子,丁仪的日子就难过了,因为曹丕为
消除异己,消除后患,一直找岔子想治他的罪。对此,丁
仪甚感不安。曹植知道后,便写下这首诗来安慰他,同
时亦曲折地表达了自己的怨恨。

诗的前八句由秋景萧瑟、田野无获入手,似不甚经
意。而实际上,已为全诗悲怆慷慨定下基调,同时也为
下文贵贱的议论作了铺垫。"玉除"、"飞阁",贵也;农
夫无获,贱也。如果从出身、教养、地位来看,曹植仍属
"贵"的行列,问题是丁仪已处在曹丕千方百计欲置之
罪的"贱"的位置,所以,他的同情心是在"贱"者一边,

而对"贵"者(曹丕)显然有所不满。然而,这种不满、这种怨恨是委婉深曲的,与其后期《赠白马王彪》那样和血和泪直截了当的指责完全不同。在这一前提下,诗人安慰丁仪:贵者忘贱,饱汉不知饿汉饥,这种现象不足为奇,也不必吃惊。古往今来,重视情谊的仍大有人在,并以延陵季子为例,表示自己的笃于友谊,请丁仪释怀宽心。古人评曹植的诗"情兼雅怨",有忠厚之心,指的大概就是这类作品。

赠丁仪王粲

从军度函谷①,驱马过西京②。山岑高无极③,泾渭扬浊清④。壮哉帝王居⑤,佳丽殊百城⑥。员阙出浮云⑦,承露概泰清⑧。皇佐扬天惠⑨,四海无交兵⑩。权家虽爱胜⑪,全国为令名⑫。君子在末位⑬,不能歌德声。丁生怨在朝⑭,王子欢自营⑮。欢怨非贞则⑯,中和诚可经⑰。

① 函谷：函谷关。在今河南灵宝县西南。

② 西京：指长安。

③ 山岑：山峰。

④ 泾渭：均古水名。泾水出甘肃平凉县,经陕西高陵县入渭
水。渭水出甘肃渭源县,经陕西华阳县入黄河。　浊清：
旧称泾水浊,渭水清。

⑤ 帝王居：帝都,指长安。

⑥ 殊：超过。

⑦ 员阙：即圆阙,在建章宫门北,"高二十五丈,上有铜凤凰"
（见《三辅黄图》）。

⑧ 承露：据《三辅故事》载,建章宫有承露盘,"高二十丈,大
十围,以铜为之"。　概：同"杚",摩。　泰清：指天。

⑨ 皇佐：指曹操。曹操当时官丞相。　天惠：君恩。

⑩ 交兵：交战,指战争。

⑪ 权家：兵家。

⑫ 全国：保全一国。　令名：好名声。

⑬ 君子：指丁仪、王粲。　末位：下位。

⑭ 丁生：指丁仪。　怨：怨言，怨望。

⑮ 王子：指王粲。欢自营：以经营自己的事业为乐。

⑯ 贞：正。

⑰ 中和：不偏不激。经：法则。

关于这首诗的作年和背景，有三种说法。一是作于建安十六年(211)，曹植从曹操征马超、韩遂，平定关中之时；二是建安二十年(215)，曹植从曹操征张鲁之时；三是建安二十年(215)，曹植未曾从征张鲁而据图经之类而作。细按之，作于建安十六年之说似嫌略早；从征张鲁一说，黄节先生已据《文选》所载曹丕《与钟大理书》李善注引《魏略》等资料辨言其非。曹植有从军的经验，早年又曾到过关中，加上《三辅黄图》等图经对长安宫阙有详细记载可供参考，曹植虽然没有从征张鲁，但以征战张鲁为背景写下此诗是完全可能的。文学创作固然要求作者要熟悉描写的对象，但实际生活中作者并不可能事事经历。

这首诗以盛赞西京长安的佳丽来颂扬曹操征战的令名——征战本身不是目的，征战的目的是为了不再有战争。曹植希望他的两个朋友，丁仪和王粲都来关注像征讨张鲁一类的大事，不要因为个人的地位或其他什么而有所抱怨，也不要只顾经营个人之事而欢愉得什么都忘了。遇事应当不偏不激，取中和之道。

　　沈约曾在《宋书·谢灵运传论》中盛赞曹植"函京"、王粲"灞岸"、孙楚"零雨"、王赞"朔风"四首诗，特别是其首二句，以为"并直举胸情，非傍诗史。正以音律调韵，取高前式"。这四首诗的首二句及相应的四声声调如下：

> 从军度函谷，驱马过西京。（曹植）
>
> 平平去平入　平上去平平

> 南登灞陵岸，回首望长安。（王粲）
>
> 平平去平去　平上去平平

> 晨风飘歧路，零雨被秋草。（孙楚）
>
> 平平平平去　平上平平上

> 朔风动秋草，边马有归心。（王赞）
>
> 入平上平上　平上上平平

沈约的评论,第一层意思是这些写景的句子都不用典故,直接描述;第二层意思是音韵协调。我们知道,沈约是永明声律说的发明者和倡导者之一,他认为五言诗十个字平上去入应当交错相配,以期达到声律之美的效果。首先,他注意到了曹植和王粲诗中的声律之美。曹植和王粲诗作有永明诗人所认为的那种声律效果,当然不能据此认定曹植、王粲就已懂得四声,已自觉在诗歌创作中讲究和运用声律。实际上,这仅是暗合而已。但这种暗合,可能对后人有所启示。当然,曹植、王粲的这些诗句,也只第二句是律句,第一句仍未协律。但在声律运用还处在不自觉的时代,他们的诗句特别引起后人的重视,也就在情理之中了。

三　　良①

功名不可为②,忠义我所安③。秦穆先下世④,三臣皆自残⑤。生时等荣乐⑥,既没同忧患。谁言捐躯易,杀身诚独难。揽涕登君墓⑦,

临穴仰天叹⑧。长夜何冥冥⑨，一往不复还。黄鸟为悲鸣⑩，哀哉伤肺肝。

① 三良：三个贤臣。春秋时秦穆公卒，殉葬者一百七十七人，其中包括子车氏三子奄息、仲行和鍼虎，皆忠良之臣。《诗经·秦风·黄鸟》一诗即秦人专为哀悼"三良"而作。

② "功名"句：意为立功由不得自己，所以不可为。

③ 我：指"三良"。 安：乐。

④ 秦穆：秦穆公（？—前621），名任好，春秋"五霸"之一。下世：去世。

⑤ 三臣：指"三良"。 自残：贾逵《国语注》："没身为残。"没，通"殁"。

⑥ 等：同。

⑦ 君墓：秦穆公之墓。

⑧ 穴：墓穴。

⑨ 长夜：人死后埋于墓中不见天日，犹如长夜。

⑩ 黄鸟：《诗经·秦风·黄鸟》小序："《黄鸟》，哀三良也。国人刺秦穆公以人从死，而作是诗也。"诗每章都以"交交黄鸟"为首句。

以活人殉葬是极其残忍和野蛮落后的陋俗。在中国漫长的奴隶社会中，这样的事史不绝书，屡屡发生，并已由考古发掘得到证实。秦穆公所处的时代已经较晚，但殉葬者竟然还是多达170余人，其中还不乏一些优秀人物。《诗经》中的著名篇章《黄鸟》，即是"国人哀之"，专门赋之以讥刺他的。"彼苍者天，歼我良人。"表达了秦人对失去三良的痛心疾首，但其实，苍天是无辜的。真正杀害"三良"的是穆公及其执行者康公。《三良》诗除曹植外，王粲也有一篇，无疑应是同时之作。而据王粲卒年(217)与曹植生年(192)可知，《三良》当作于曹植25岁以前，乃是他早期的作品。诗中对秦穆公以活人殉葬表示不满，但重点却在赞颂"三良"的忠义。秦穆公生前与群臣饮酒时曾说："生共此乐，死共此哀。"子车奄息等便许诺(见《文选》李善注引应劭《汉书注》)，所以诗中遂有"生时等荣乐，既没同忧患"之句。但曹植同时又歌颂"三良"杀身的忠义："谁言捐躯易，杀身诚独难。"这样，诗的主题就和《诗经》中的《黄鸟》很有些不同，赋予了"三良"殉葬这一历史题材以新意。唐代著名史学批评家刘知幾说："探揣古意，而广足新言。"（《史通·浮词》）所指就是《三良》一类咏史作品。

如果说曹植《三良》诗的主题是对《黄鸟》的一种异化，那么，后世不少题咏"三良"的诗作其中不少又是对曹植诗主题的深化和异化。如陶渊明《咏三良》诗云："厚恩固难忘，君命安可违。临穴罔惟疑，投义志攸希。""三良"与秦穆公出则陪舆，入侍丹帷，既然彼此生前有约，"登君墓"临圹穴毫不迟疑，乃志之所愿，义之所在。而唐代柳宗元的《咏三良》则又回过头来反对穆公的人殉，其《咏三良》云："殉死礼所非，况乃用其良。"但又说：尽管穆公与"三良"有约，但那可能是戏言或病中的失言，罪过不在穆公而在其子康公："从邪陷厥父，吾欲讨彼狂。"以为执行者康公要负责任。又如宋代苏轼、苏辙兄弟也有"三良"诗，不过其主题又与曹植、陶、柳有异。苏轼《和渊明三良》云："此生太山重，忽作鸿毛遗。三子死一言，所死良已微……杀身固有道，大节要不亏。"诗中所讥刺的不是穆公，而是"三良"，认为

"三良"曲从君命,不为忠义。可苏轼的弟弟苏辙既不责穆公,也不认为"三良"未尽忠义。其《三良》诗有云:"秦国吞西周,康公穆公子。尽力事康公,穆公不为负。岂必杀身从之游?""三良"不从殉穆公,只要尽力奉事康公,就是不负穆公,也就是忠义。所以,"岂必杀身从之游",从殉未必是一种好的选择。同样是苏轼,他的《秦穆公》诗又云:"昔公生不诛孟明,岂有死之日而忍用其良,乃知三者殉公意,亦如齐之二子从田横。"孟明吃了败仗,穆公都不舍得杀他。苏轼据此推断,穆公有知,是不会要"三良"殉葬的;殉葬应是"三良"自己的决断,如齐之二客自杀从田横一样,从而大翻历史公案。一篇《黄鸟》诗,引起曹植及后代许多诗人的兴趣,这也是文学史上的趣事。

赠　丁　翼①

　　嘉宾填城阙②,丰膳出中厨③。吾与二三子,曲宴此城隅④。秦筝发西气⑤,齐瑟扬东

讴⑥。肴来不虚归⑦,觞至反无余⑧。我岂狎异
人⑨,朋友与我俱。大国多良材,譬海出明珠。
君子义休偫⑩,小人德无储⑪。积善有余庆⑫,
荣枯立可须⑬。滔荡固大节⑭,世俗多所拘⑮。
君子通大道⑯,无愿为世儒⑰。

① 丁翼:一作"丁廙"。字敬礼,丁仪弟。

② 填:满。　城阙:城楼。

③ 中厨:内厨。

④ 曲宴:私人小宴。　城隅:城上角楼。

⑤ 西气:一作"西音"。指陕西一带的高亢曲调。

⑥ 东讴:指山东临菑一带的歌曲。

⑦ 不虚归:意指食尽。

⑧ 反无余:意指饮尽。

⑨ 狎:亲近。　异人:他人,指关系较疏远的人。

⑩ 休偫(zhì):美好完备。偫,具,储。

⑪ 无储:浅而少。

⑫ 庆:福。

⑬ 荣枯：以草木喻人生贵贱。 须：待。

⑭ 滔荡：广大的样子。 固：固守。

⑮ 所拘：指拘于小节。

⑯ 通：贯通。

⑰ 世儒：俗儒。

丁翼在曹操死后不久与兄丁仪一起被曹丕诛杀，据此，本诗当为曹植早期作品。

丁翼与曹植关系密切，是其政治集团中的重要人物，常与曹植一起游宴赋诗。这首诗前半写宴饮场面，参与者不多，都是些亲近的朋友，但宴会很丰盛，气氛也很融洽。诗的后半属议论：世上有君子也有小人，处世态度迥然有别，但积善者每每多福。所以，君子应贯通"大道"，固守大节，"世俗"之儒则常常拘于小节。而这种"世儒"是曹植决不愿仿效的。曹植瞧不起的"世儒"，显然是指汉末那些不务实际、白首穷经的章句之儒；他所崇尚的"大道"，当为《与杨德祖书》中所说的"戮力上国，流惠下民，建永世之业，流金石之功"，为国为民建功立业。

这首诗共二十句,纯议论的句子占了一半。因有前半叙事的铺垫,议论还比较自然,不太显得枯燥。诗歌艺术主要是运用其特殊的语言形式将形象传感给读者,但有时也不排斥说理和议论。汉乐府《长歌行》有两句很有名的议论:"少壮不努力,老大徒伤悲。"因为是紧接在"百川东到海,何时复西归"的喻句之后,所以议论更显得精辟、精警,富有永久的魅力。曹植这首《赠丁翼》在他的集子中并不算突出,但由于叙事议论较好地结合,及对友情的真挚流露,还是赢得了读者。所以,梁代昭明太子萧统编《文选》时,仍选中它而予以载录。

野田黄雀行①

高树多悲风,海水扬其波。利剑不在掌,结交何须多! 不见篱间雀,见鹞自投罗。罗家得雀喜②,少年见雀悲。拔剑捎罗网,黄雀得飞飞。飞飞摩苍天③,来下谢少年。

① 野田黄雀行：乐府诗题，属《相和歌辞·瑟调曲》。

② 罗家：布罗网者。

③ 摩：逼近。

建安二十五年（220）正月，曹丕嗣位为丞相、魏王，随即诛杀丁仪、丁廙并其府中男口。丁仪入狱时，曹植写下这首诗，希望能援救丁仪兄弟于虎口。

这首诗在曹植集中很特别，它所写的是一个很感人的寓言故事：一个少年见到罗网中的黄雀，奋身拔剑，捎破罗网，黄雀得以自由。获得自由的黄雀，又从天上飞下来拜谢少年。表面看，似乎是少年救了黄雀，但实际上这只是诗人的一种主观愿望，或只是他的一种期盼。诗中的少年与黄雀，实质上乃是作者及其友人丁氏兄弟的化身。"利剑不在掌，结交何须多！"明明白白地说明，诗人自己手中没有任何权利，所以帮不了朋友什么忙，可谓有负于朋友。因为政治环境的险恶，曹植难以明言，这一切，只能用寓言的形式来表现。全诗采用的是比兴手法，虽文字浅显，明白如话，却颇有深意，是

汗曹植

曹植诗歌表现手法多样性和丰富性的生动体现。

朔　风

　　仰彼朔风①，用怀魏都②。愿骋代马③，倏忽北徂④。凯风永至⑤，思彼蛮方⑥。愿随越鸟⑦，翻飞南翔。四气代谢⑧，悬景运周⑨。别如俯仰⑩，脱若三秋⑪。昔我初迁，朱华未希⑫；今我旋止⑬，素雪云飞⑭。俯降千仞，仰登天阻⑮。风飘蓬飞⑯，载离寒暑⑰。千仞易陟，天阻可越。昔我同袍⑱，今永乖别⑲。子好芳草，岂忘尔贻⑳？繁华将茂，秋霜悴之㉑。君不垂眷，岂云其诚？秋兰可喻，桂树冬荣㉒。弦歌荡思㉓，谁与销忧？临川慕思，何为泛舟㉔？岂无和乐㉕？游非我邻㉖。谁忘泛舟？愧无榜人㉗。

① 仰：向。

179

② 用：因。　怀：思念。　魏都：指魏旧都邺城。

③ 代：代郡。旧地在今山西东北一带,古产良马。

④ 倏忽：急速的样子。　徂：往。

⑤ 凯风：南风。

⑥ 蛮方：南方。

⑦ 越：今浙江一带。

⑧ 四气：四季之气。

⑨ 悬景：指日。　运周：周而复始运行。

⑩ 俯仰：俯仰之间,形容时间短暂。

⑪ 脱若：忽若。　三秋：指秋季三个月。

⑫ 朱华：指荷花。　希：通"稀"。

⑬ 旋止：归来。止,语助词,无义。

⑭ 云：语助词,无义。

⑮ 天阻：天然阻碍,指险峻的山峦。

⑯ 风飘蓬飞：喻指飘泊流离不定。

⑰ 载：则。

⑱ 同袍：指最亲近的人。

⑲ 乖别：离别。

⑳ 贻：赠。

㉑ 悴：伤。

㉒ 荣：茂盛。

㉓ 荡思：荡涤忧虑，即销忧。

㉔ 何：何人。

㉕ 和乐：指弦歌。

㉖ 邻：指志同道合者。

㉗ 榜人：划船者。

　　这首诗的作年，有建安二十二年（217）、黄初二年（221）、黄初四年（223）、黄初六年（225）、太和元年（227）、太和三年（229）等多种说法。本书取黄初二年说。曹丕即位后，曹植以临菑侯初次就国，而实际寄居地则在鄄城。次年，被贬为安乡侯，又改封鄄城侯，其间曾被送往魏国旧都邺城禁锢。这年冬天，曹植回到鄄城并写下这首诗。

　　自曹丕被立为太子之后，曹植的处境虽然起了一些变化，例如曹操翦除了曹植的羽翼，杀了杨修等人，但总的说来，曹植身为王子，侯爵有加，日子还是不难过的。

特别是曹操仍然在世的时候，曹丕还不敢对他怎么样。曹操死后，曹植集团中的丁仪兄弟旋遭杀害。特别是曹丕称帝后，情况更是大不一样，曹植顿时陷入痛苦的、有类囚徒生活的深渊。"越鸟"、"代马"，用古诗"越鸟巢南枝，胡马依北风"典故。其对魏旧都邺城的依眷，实际上就是对曹操的依眷（曹操陵墓在邺），也是对自己早期生活的眷念。日月如梭，四时交替。时间好像过得很快，因为生命在流逝；时间好像又过得很慢，因为近年种种的遭遇和不幸不断地折磨他。曹丕即位后曾下绝朝令，命诸侯不得朝京师。这在曹植看来，无疑是兄弟情分从此永绝，难以挽回。曹植说，他的心迹就像秋兰冬桂一样纯洁，对曹丕怀着一片忠心，无奈遭受严霜摧残，小人中伤，繁华将歇。曹植处境相当困难，世上少有知音，不仅孤独，而且无援。这首诗的字里行间，流露出一腔无法抑制的幽怨。

明冯惟讷《古诗纪》和清陈祚明《采菽堂古诗选》等都将本诗分为五章，即每八句为一章。大概历代不少学者都看到了《朔风》采用的是《诗经》中《小雅》的体式，高古雅润。诗中的满腔幽怨,往往更能引起失意文人学士的共鸣,触动其敏感脆弱的神经,因此,在漫长的古代岁月,曹植的诗颇投文士所好,后人不仅为其才情的卓越所倾倒,更为其遭际的不幸而叹惜。

盘　石　篇[①]

盘盘山巅石[②],飘飖涧底蓬。我本泰山人,何为客淮东[③]?蒹葭弥斥土[④],林木无分重[⑤]。岸岩若崩缺,湖水何汹汹[⑥]!蚌蛤被滨涯[⑦],光彩如锦虹。高波凌云霄,浮气象螭龙[⑧]。鲸脊若丘陵,须若山上松。呼吸吞船栅[⑨],澎濞戏中鸿[⑩]。方舟寻高价[⑪],珍宝丽以通[⑫]。一举必千里,乘飔举帆幢[⑬]。经危履险阻,未知命所钟[⑭]。常恐沉黄垆[⑮],下与鼋鳖同。南极苍梧野[⑯],游盼交九江[⑰]。中夜指参辰[⑱],欲师当定从[⑲]。仰天长太息,思想怀故邦。乘桴何所志,

吁嗟我孔公⑳！

① 盘石篇：乐府诗题，属《杂曲歌辞》。

② 盘盘：巨大的样子。

③ "我本"二句：曹植生于东武阳，先后封平原、临菑、鄄城，皆在山东境。黄初四年（223），乃徙封雍丘。淮东，指雍丘。

④ 蒹葭：芦荻之类。　弥：满。　斥土：盐碱地。

⑤ 分重：纷重，茂盛的样子。

⑥ 湖水：疑为"潮水"之误。

⑦ 滨涯：岸边。

⑧ 螭（chī）龙：雌龙。

⑨ 柵（lì）：小船。

⑩ 澎濞：即澎湃。

⑪ 高价：珍异之物。

⑫ 丽：附着。　通：流通。

⑬ 飔：凉风。　幢：当作"橦"，桅杆。

⑭ 钟：聚。这里指遭遇。

⑮ 黄垆：黄土，黄泉之下。

⑯ 极：至。　苍梧：指湖南九疑山一带。

⑰ 游盼：犹流盼，四处眺望。 九江：此泛指流入洞庭湖的
众多河流。

⑱ 参辰：指此出彼没之参、商二星，用以指代进退。

⑲ 定从：把握方向。

⑳ "乘桴"二句：语本《论语·公冶长》："子曰：道不行，乘桴
浮于海。"桴，木筏。

曹丕即魏王王位之后，即翦除了曹植的羽翼（杀丁
仪、丁廙兄弟），并命曹植等离开都城前往封地。次年，
即黄初二年（221），曹丕又以曹植"醉酒悖慢"为由，将
他贬为安乡侯，随即又改鄄城侯；四年，徙封雍丘。本诗
当作于这一时期。

曹植年少时，曾被曹操视若掌上明珠；曹丕即位，曹
植仍不失"皇弟"之尊。以这样特殊的身分，立足于曹
魏，无异于立于山巅的盘石，要想撼动它，真是谈何容
易！可谁会想到，这硕大无朋的盘石竟有朝一日轻如毛
羽，像枯枝败叶一样飘落涧底，连山中的小石、草木都不
如！这一无形的外力，明白人一看，都知道它来自魏王

即后来的文帝曹丕,只有他才能不费吹灰之力,将巨大的盘石踢入涧底。

　　曹丕称帝不过四年时间,曹植已改封了三四次,对一个侯王来说,这无异是一种颠沛流离的生活。曹植想到了山东的大海,想到了出没于风浪的小船,而他自己就像风浪中随时可以被举起、又随便可以被粉碎的小船,生命无时无刻不处在危难之中。环境是如此险恶,于是,曹植想到了孔子的道不行将乘桴浮于海,想到了屈子的离开故乡远游。当然,孔子最终并没有乘桴出海,屈子也没有真正远游离乡,他们都留下来了。曹植不禁仰天长叹:他终将也和孔子、屈原一样,不忍就此离去。

　　这首诗的写海,只是一种陪衬,或者说仅是一种比兴手法的运用。不过,诗人无意中为我们描绘了大海的浩瀚,大海的威力,特别是鲸鱼的巨大。并以夸张的手法形容鲸鱼的脊背像山丘,鲸鱼的髭须像粗壮的松树,一呼一吸都足以吞没过往的船只。我们知道,曹操写过《步出夏门行·观沧海》的壮丽诗篇,这是中国古代描写大海的首出之作。而中国古代描写大海的诗篇并不是很多,因此,曹植诗中对大海的详细描绘刻画,同样弥足珍贵。

仙　人　篇①

　　仙人揽六著②,对博太山隅。湘娥拊琴瑟③,秦女吹笙竽④。玉樽盈桂酒⑤,河伯献神鱼⑥。四海一何局⑦,九州安所如⑧?韩终与王乔⑨,要我于天衢⑩。万里不足步,轻举陵太虚⑪。飞腾逾景云⑫,高风吹我躯。回驾观紫微⑬,与帝合灵符⑭。阊阖正嵯峨⑮,双阙万丈余。玉树扶道生⑯,白虎夹门枢⑰。驱风游四海,东过王母庐⑱。俯观五岳间,人生如寄居。潜光养羽翼⑲,进趋且徐徐。不见轩辕氏⑳,乘龙出鼎湖㉑?徘徊九天上,与尔长相须㉒。

① 仙人篇:乐府诗题,属《杂曲歌辞》。

② 六著：古代的一种博具。

③ 湘娥：湘江女神，相传尧之二女娥皇、女英为舜妃，舜南巡
不反，二妃追至潇湘，堕水而死，化为水神，称湘夫人。

④ 秦女：秦缪公女弄玉。其婿萧史善吹箫，后二人乘凤飞去
成仙。

⑤ 玉樽：玉杯。

⑥ 河伯：黄河水神。

⑦ 局：局促。

⑧ 如：往。

⑨ 韩终：又称韩众，古代仙人，传说曾为秦始皇求过不死之
药。　王乔：王子乔。见前曹丕《芙蓉池作》注。

⑩ 要：邀。　天衢：天路。

⑪ 陵：升。　太虚：天空。

⑫ 景云：彩云。

⑬ 紫微：星名。这里指天帝居所。

⑭ 灵符：神符。符：凭信之物。

⑮ 阊阖：天门。　嵯峨：高耸的样子。

⑯ 玉树：神树。　扶：沿。

⑰ 枢：门斗。

⑱ 王母：西王母，传说中的女神。

⑲ 潜光：藏敛光彩，即隐居。 养羽翼：指做好升天成仙的准备。

⑳ 轩辕氏：即黄帝。

㉑ 鼎湖：黄帝成仙处。相传黄帝采铜铸鼎于荆山之下，鼎成，龙下迎帝，帝乘龙上天，后人因称其地为鼎湖。

㉒ 尔：指黄帝。须：等待。

曹植虽贵为王侯，但曹丕对他的行动却加以种种限制，例如与诸侯王不能随便往来，游猎不得过三十里，等等。更令人难以容忍的是，曹丕还向各诸侯国派遣"监国谒者"，专门监视他们的言行举动，稍不在意，便会被举报而受其累。曹植尽管小心谨慎，终于还是吃了监国们的亏。黄初二年（221），一个叫灌均的监国谒者便率先报告说曹植"醉酒悖慢，劫胁使者"，使他差点被治罪。这一"劫"虽然躲过，但出于无奈，曹植还得将这一事件的有关文件——灌均及三台九府有关他罪状的章奏和曹丕处分他的诏书，一一书写并"置之坐隅"，"朝夕讽咏,以自警"(《写灌均上事令》)。行动上没有自由,精神上又受到折磨,这使他深感人世生活空间的狭小和局促,从而羡慕起天上的神仙来。

天上的空间比人间广阔多了,轻云一举,高风一吹,动辄万里;神仙的生活,也比人世自由得多了,时而紫微,时而阊阖,时而又是王母之庐,你愿上哪儿就上哪儿,你愿见谁就见谁,没有谁来约束你,没有谁来控制你。从天上俯瞰人间,人的一生又是多么短暂!曹植对天上神仙世界的热烈赞美,实际上就是对人世间的否定,是对曹丕一伙一再迫害他的愤怒控诉,也是对自由生活的热切向往。

这首诗把神仙世界描绘得既缥缈又瑰丽。诗中的神话人物,不仅有娥皇女英、萧史弄玉、韩终王乔,还有河伯、天帝、王母;博戏饮食则有六著、琴瑟、笙竽、桂酒、神鱼;建筑则有紫微、阊阖、双阙、玉树夹道、白虎守着的门枢,真是令人眼花缭乱。撇开所写的思想内容不论,曹植这篇游仙诗所描写的神仙世界,其物象较之曹操的《陌上桑》要繁富得多。

游　　仙

　　人生不满百,岁岁少欢娱。意欲奋六翮①,
排雾陵紫虚②。蝉蜕同松乔③,翻迹登鼎湖④。
翱翔九天上,骋辔远行游。东观扶桑曜⑤,西临
弱水流⑥。北极玄天渚⑦,南翔陟丹丘⑧。

① 六翮:健羽。

② 紫虚:紫霄。

③ 蝉蜕:蝉从粪土蜕皮而出,喻人之脱离尘世而成仙。　松
　　乔:赤松子和王子乔,均古代传说之仙人。

④ 鼎湖:见前《仙人篇》注。

⑤ 扶桑:传说中的神木,为太阳升起的地方。　曜:光。

⑥ 弱水:古代传说中一条不通舟楫的河流。其地记载不一,
　　据《山海经·大荒西经》,在昆仑山下。

⑦ 玄天:北方之天。

⑧ 陟:登。　丹丘:昼夜常明的地方。

屈原曾赋《远游》，汉代王逸说，屈原品性方直，上为谗佞所谮毁，下为俗人所困忌，彷徨山泽，无所倾诉，遂发妙想奇思，托配仙人，同他们游戏，周天历地，无所不至。然而屈原始终怀念楚国，眷思故乡，足见其忠信仁义。曹植的《游仙》及《五游咏》等所写，即屈子《远游》之意。

本诗前四句诗意略同于《远游》开头四句："悲时俗之迫阨兮，愿轻举而远游。质菲薄而无因兮，焉托乘而上浮。"屈原所作，有大段大段的铺叙，其形式略近于赋。曹植此篇则较为概括简练，如结尾四句，每一句一个方位，东西北南，留有许多让读者可以充分想象的空间。曹植诗中虽没有眷怀故乡的抒写，但反观篇首"人生不满百，岁岁少欢娱"（用《古诗十九首》"人生不满百，常怀千岁忧"句意），可以看出，曹植本意未必想远游，远游是不得已之举，实际是"少欢娱"的一种宣泄形式，也是一种超现实的抗争形式，当然更是对自由的追求方式。所以，尽管这首诗没有眷怀故乡一类的字句，但仍然有很深刻的含义。

升 天 行①

乘蹻追术士②,远之蓬莱山③。灵液飞素
波④,兰桂上参天。玄豹游其下⑤,翔鹍戏其
巅⑥。乘风忽登举⑦,仿佛见众仙。

① 升天行:乐府诗题,属《杂曲歌辞》。

② 乘蹻:一种可以周游天下、不受山河阻隔的仙术。蹻,通
　　"屩",草鞋。　术士:方术之士。

③ 蓬莱山:传说中海上三神山之一,上有仙人及不死之药。

④ 灵液:玉膏之类。

⑤ 玄豹:黑豹。神话中的一种猛兽。

⑥ 鹍:昆鸡。《淮南子·览冥训》高诱注:"鹍鸡,凤凰之
　　别名。"

⑦ 登:升。

　　《乐府诗集》卷六十三引《乐府解题》:"《升天行》,
曹植云:'日月何时留。'……曹植又有《上仙箓》与《神

游》、《五游》、《龙欲升天》等篇,皆伤人世不永,俗情险艰,当求神仙,翺翔六合之外,与《飞龙》、《仙人》、《远游篇》、《前缓声歌》同意。"《龙欲升天》,即《当墙欲高行》(详本书),而《上仙箓》、《神游》、《前缓声歌》等篇,今皆亡佚。从《乐府解题》所罗列的这些作品题目看,曹植所写神仙诗篇确实不少。曹植本人并不相信神仙,我们看他的《赠白马王彪》诗可以知道,他之所以一而再、再而三地写升天、游仙,实因受曹丕迫害太深,精神上过于痛苦而又无法解脱,不得已才借助于虚幻缥缈的神仙世界来放松一下。神仙世界的纯洁、自由、无拘无束,反衬了人世间的龌龊、专制和痛苦的精神压迫,折射出曹植的愤慨和无奈情绪。

升 天 行

扶桑之所出①,乃在朝阳溪②。中心陵苍昊③,布叶盖天涯。日出登东干,既夕殁西枝④。愿得纤阳辔⑤,回日使东驰⑥。

① 扶桑：见前《游仙》诗注。

② 朝阳溪：疑即"旸谷"，古代传说为太阳升起的地方。

③ 中心：指树干。　苍昊：苍天。

④ 殁：通"没"，落。

⑤ 纤：解，缓。　阳辔：传说中御载太阳车上的马辔。

⑥ "回日"句：即让太阳回头朝东走的意思。

　　前首诗写由游神山进而升天，但"仿佛见众仙"，实际上是未必见到神仙，而所谓升天，也不过是一种精神寄托罢了。本诗写升天后欣赏太阳出没的壮观景象，最后发出奇想，希望为太阳赶车的羲和能将车往回勒，不要再向西奔驰了。这实际上是要时间停顿或让时光倒流，当然不现实。但通过对太阳出没的描写，诗中隐隐透露了一种时光易逝、人生易老、时不我与的感慨。

　　希望太阳放慢脚步，让时光慢一点流逝，并运用神话故事形式来表现，本始于屈原的《离骚》：

　　　　欲少留此灵琐兮，日忽忽其将暮。吾令羲和弭
　　节兮，望崦嵫而勿迫。路曼曼其修远兮，吾将上下

而求索。饮余马于咸池兮,总余辔乎扶桑。折若木以拂日兮,聊逍遥以相羊。

屈原希冀"为日御车"的羲和能将车上的辔绳拉住,让太阳不走;又怕羲和控制不住,想折取若木来拂阻太阳,令它退转回去。屈原为什么如此迫切希望时间走得慢一点呢?因为未来的路正长,政治理想难以在有生之年实现,这种时不我待的忧虑,令他产生了这种幻想。明白了这一点,我们也就明白曹植想"回日使东驰"的原因,他所担心的也正是在有生之年不能建立功业,流惠下民。陶渊明《杂诗》所云"日月掷人去,有志不获骋",正可作曹植这首诗的最好注解。

责　躬①

臣植言:臣自抱衅归藩②,刻肌刻骨,追思罪戾③,昼分而食④,夜分而寝。诚以天网不可重罹⑤,圣恩难可再恃⑥。窃感《相鼠》之篇⑦,"无礼"

"遄死"之义⑧，形影相吊，五情愧赧⑨。以罪弃生，则违古贤夕改之劝⑩；忍垢苟全，则犯诗人胡颜之讥⑪。伏惟陛下德象天地⑫，恩隆父母，施畅春风，泽如时雨。是以不别荆棘者，庆云之惠也⑬；"七子"均养者，《鸤鸠》之仁也⑭；舍罪责功者⑮，明君之举也；矜愚爱能者⑯，慈父之恩也：是以愚臣徘徊于恩泽而不敢自弃者也。前奉诏书，臣等绝朝⑰，心离志绝⑱，自分黄耇，永无执圭之望⑲。不图圣诏，猥垂齿召⑳，至止之日，驰心辇毂㉑。僻处西馆，未奉阙庭㉒。踊跃之怀㉓，瞻望反侧㉔，不胜犬马恋主之情，谨拜表，并献诗二首㉕。词旨浅末㉖。不足省览，贵露下情，冒颜以闻㉗。臣植诚惶诚恐，顿首顿首，死罪死罪。

於穆显考㉘，时惟武皇㉙。受命于天，宁济四方㉚。朱旗所拂㉛，九土披攘㉜。玄化滂流㉝，荒服来王㉞。超商越周，与唐比踪㉟。笃生我皇㊱，奕世载聪㊲。武则肃烈㊳，文则时雍㊴。受禅于汉，君临万邦㊵。万邦既化㊶，率由旧则㊷。

广命懿亲[43]，以藩王国[44]。帝曰尔侯[45]，君兹青土[46]，奄有海滨[47]，方周于鲁[48]。车服有辉，旗章有叙[49]。济济俊乂[50]，我弼我辅[51]。伊余小子[52]，恃宠骄盈[53]。举挂时网[54]，动乱国经。作藩作屏[55]，先轨是隳[56]。傲我皇使，犯我朝仪。国有典刑，我削我黜[57]。将置于理[58]，元凶是率[59]。明明天子，时惟笃类[60]。不忍我刑，暴之朝肆[61]。违彼执宪[62]，哀予小子。改封兖邑[63]，于河之滨。股肱弗置[64]，有君无臣。荒淫之阙[65]，谁弼余身？茕茕仆夫[66]，于彼冀方[67]。嗟予小子，乃罹斯殃。赫赫天子，恩不遗物[68]。冠我玄冕[69]，要我朱绂[70]。光光天使，我荣我华。剖符授玉[71]，王爵是加。仰齿金玺[72]，俯执圣策[73]。皇恩过隆[74]，祗承怵惕[75]。咨我小子[76]，顽凶是婴[77]。逝惭陵墓[78]，存愧阙庭[79]。匪敢傲德[80]，实恩是恃。威灵改加[81]，足以没齿[82]。昊天罔极[83]，生命不图[84]。常惧颠沛[85]，抱罪黄垆[86]。愿蒙矢石，建旗东岳^⑧。庶立毫厘^⑧，微功自赎。危躯授命^⑧，知足免戾^⑨。甘赴江湘^⑨，奋戈吴越。天启其衷^⑨，得会京畿。迟奉圣颜^⑧，如渴如饥。心之云慕^⑨，怆矣其悲！天高听卑^⑨，皇肯照微^⑨！

① 责躬：自我责备。

② 抱衅(xìn)：抱罪、怀罪。　归藩：回到自己的封国(雍丘，今河南杞县)。

③ 罪戾：罪过。

④ 昼分：日中。分，中，半。

⑤ 天网：王朝法令。　重罹(lí)：重犯。罹，触犯。

⑥ 恃：依赖。

⑦《相鼠》：《诗经·鄘风》篇名。

⑧ 遄(chuán)死：速死。《相鼠》："相鼠有体，人而无礼。人而无礼，胡不遄死？"

⑨ 五情：指喜、怒、哀、乐、怨。　愧赧(nǎn)：因惭愧而脸红。

⑩ 古贤：指曾子。曾子曾说："君子朝有过，夕改则与之。夕

有过,朝改则与之。"

⑪ 胡颜之讥:《相鼠》"胡不遄死"李善所引《毛诗》谓"何颜而不速死",因云。

⑫ 惟:想。

⑬ 庆云:犹卿云,瑞云。

⑭ "七子"二句:《诗经·曹风·鸤鸠》:"鸤鸠在桑,其七子兮。"鸤鸠,布谷鸟。

⑮ 责:责令,要求。

⑯ 矜:怜悯。

⑰ 臣等:指曹植及任城王曹彰、吴王曹彪。　绝朝:禁止朝会。

⑱ 心离志绝:指已无志向可言。

⑲ 自分(fèn):自己料想。　黄耇(gǒu):老人。　执圭:指代朝见。古代诸侯王朝见天子必执圭板,因云。

⑳ 猥垂:曲下。下对上之敬词。　齿召:召见。

㉑ 辇毂(gǔ):天子乘坐的车子。这里指代曹丕。

㉒ 阙庭:喻天子住地。

㉓ 踊跃:形容心情急切。

㉔ 反侧:心情不安的样子。

㉕献诗二首：指本篇和《应诏》诗（本书未选）。

㉖浅末：浅薄。

㉗冒：犯。

㉘於（wū）：叹词。　穆：深美。　显考：指亡父。

㉙时：是。　惟：同维，语助词。　武皇：指曹操。

㉚宁济：安定拯济。

㉛朱旗：汉旗。汉以火为德，色尚赤。曹操为汉臣，因云。

㉜九土：九州。　披攘：披靡。

㉝玄化：道德之化。玄，道。　滂流：布及各地。

㉞荒服：边远之地。　王：朝见。

㉟唐：唐尧。　比踪：并驾齐驱。

㊱笃：厚。这里指圣德之厚。

㊲奕世：累世。　载聪：意谓曹操、曹丕都很明审。载，又。

㊳武：武事。　肃烈：威武猛烈。

㊴时雍：和善。

㊵君临：以人君身份统治。

㊶化：归化。

㊷率：遵循。　旧则：旧章。这里指分封制。

㊸命：告。　懿亲：这里指兄弟。

⑭ 藩：捍卫。

⑮ 尔侯：指临菑侯曹植。

⑯ 君：临。　青土：临菑属齐郡，在旧青州境内。

⑰ 奄：大，同。

⑱ 方周于鲁：如诸侯国鲁之于周那样。意思是曹植于魏为最亲。方，比。

⑲ 章：帜。　叙：等第。

⑳ 俊乂（yì）：德才兼备者。

㉑ 我弼我辅：辅弼我。弼，辅正。

㉒ 伊：发语词。　余小子：指曹植自己。

㉓ 骄盈：骄傲自满。

㉔ 挂：触犯。　时网：当朝法令制度。下文"国经"义同。

㉕ 藩、屏：藩国。诸侯国为京师藩篱屏障。

㉖ 先轨：先帝定下的规矩。隳（huī）：废。

㉗ 我削我黜：指曹植被贬安乡侯。

㉘ 置：送往。　理：治狱的官吏。

㉙ 元凶是率：比罪于元凶。率，类。

㉚ 笃类：同类，指亲兄弟。

㉛ 暴（pù）：暴露。

㉒ 执宪：执法官。

㉓ 改封兖邑：指改封鄄城侯。鄄城古属兖州。

㉔ 股肱(gōng)：大腿、胳膊,喻指得力大臣。

㉕ 阙：过失。

㉖ 茕(qióng)茕：孤独的样子。　仆夫：曹植自称。

㉗ 冀方：冀州。曹植改封鄄城侯后,又为人所诬,曾禁锢于
　　邺。邺旧属冀州。

㉘ 遗物：指代嫌弃。

㉙ 冠我玄冕：指依旧封曹植为侯。玄冕,古代礼冠。

㉚ 要：系。　朱绂(fú)：官印的红丝带。

㉛ 剖符授玉：指代分封诸侯,即下文加王爵。《文选·喻巴蜀
　　檄》："剖符而封,析圭而爵。"

㉜ 齿：当,受。　金玺：诸侯王印玺。

㉝ 圣策：指分封诸侯王的策书。

㉞ 隆：重。

㉟ 祗：敬。　怵(chù)惕：恐惧。

㊱ 咨：发语词。

㊲ 婴：缠绕。

㊳ 逝惭陵墓：意指死后愧对曹操。陵墓,祖先陵墓,用以指代

曹操。

㉗ 阙庭：指代曹丕。

㉘ 匪：通"非"。　傲：《贾子》："弟敬爱兄谓之悌，反悌谓傲。"

㉛ 威灵：威神。

㉜ 没齿：没世。

㉝ 昊天罔极：语出《诗经·小雅·蓼莪》，意谓父母恩德其大如天。这里用来比喻曹丕对自己的恩德深厚。罔极，无穷。

㉞ 不图：不可预知。

㉟ 颠沛：僵仆。这里指代死亡。

㊱ 黄垆：见前《盘石篇》注。

㊲ 建旗：建功。　东岳：指泰山。

㊳ 毫厘：形容微小。

㊴ 危躯授命：危机时献出生命。

㊵ 免戾：免去罪过。

㊶ 江湘：与下文"吴越"均用以指代孙吴。

㊷ 天启其衷：张衡《西京赋》："天启其心。"此用其句意。衷，心。

㉓ 迟（zhì）：等待。

㉔ 云：语助词。

㉕ 卑：低下的地方。

㉖ 皇肯照微：天子可以明白我的诚意。肯，可。照，明。
　　微，贱。

　　本诗作于黄初四年（223）。其写作背景，诗前序表
已略有交代。曹操死后，曹丕、曹植兄弟间的矛盾突出
了，尖锐了。曹丕是君，是天子，尽管曹植名义上仍是侯
王，但改变不了是臣、是子民的身份。黄初二年（221），
灌均奏曹植"醉酒悖慢，劫胁使者"，要不是卞太后加以
保护，曹丕早治他罪了。接下来的两年间，曹植不断被
改封，开始对曹丕的手段有所领略。曹植到一趟京城很
不容易，因为未经曹丕特许，诸侯王一般是不准到京城
来的。这一年，曹植趁进京朝见的机会，想当面向曹丕
谢罪。据《三国志·魏志·陈思王传》引《魏略》所载，
曹植曾想请清河长公主从中疏通，但文帝还是派人阻挡
他。曹植进不了宫，卞太后误以为他已自杀了，对曹丕

而泣。此时，曹植"负锧"跣足来到阙下。兄弟相见，曹丕仍颜色威严，既不同他说话，又不让他戴帽穿鞋。曹植伏地而泣，太后不乐，曹丕这才让他重新穿上王服。曹植的《责躬》、《应诏》二诗，就是在这种情况下写成的。

关于这次朝见，《应诏》诗是这样写的：

> 肃承明诏，应会皇都。星陈凤驾，秣马脂车。……爰暨帝室，税此西墉。嘉诏未赐，朝觐莫从。仰瞻城闉，俯惟阙庭。长怀永慕，忧心如酲。

不能说曹植对这次朝见寄予很大希望，但他确是认真对待的，心情也十分迫切。"税此西墉"，即表文所说的"僻处西馆"。显然，曹植到了京城，即被软禁起来，这使他大失所望。他不由焦灼，忧伤，恐惧。应该说，"负锧"，只是一种肉体上的负罪。曹植也许知道，仅仅如此，曹丕还不会放他过去，曹丕要的是精神上的负罪，在精神上进一步折磨他。正因为如此，曹植遂写下这首诗加以自责并上呈曹丕。对曹丕而言，这首诗乃是一首向他低头、向他请罪的诗,难怪他读后"嘉其辞义,优诏答勉之"(《三国志·魏志·陈思王传》)。

曹植给自己所加的罪名很大,既是"元凶",又是"顽凶",甚至以为当暴尸朝市。然而,诗中真正涉及的具体罪责只是"傲我皇使,犯我朝仪",提法并没有灌均之流所奏的"劫胁使者"严重。在曹植看来,罪不能不请,罪名说得再大也可以,但对具体的罪状,他多少似乎还有所保留。曹丕正处心积虑地置他以法网,他不能轻率地授人以柄。所以,从总体看,这首请罪诗写得很有分寸,并未一味俯首贴耳,唯唯诺诺,逆来顺受;同时又趁复他爵位之机,进而提出假他以兵权,让他有机会去建功立业,于谦恭卑和中表现出倔强刚毅的一面。

诗中对曹丕很恭敬,有许多赞颂之辞,但有意无意间也流露了对他的某种不满情绪。篇首写武帝曹操功绩,开疆拓土,足以与唐尧比肩,甚至超越商周。曹丕呢?他不过承曹操的余绪,"受禅于汉",才得以"君临万邦"。即使"万邦既化",也是"率由旧则",看不出他的建树。至于曹丕没有治曹植的罪而改封,表面上看,曹植是感恩戴德的,但是"股肱弗置,有君无臣。荒淫之阙,谁弼余身?"这样的诘问,无疑是对曹丕剪除自己心腹羽翼的抗议。因为自己是个罪人,所以今后难免还会有"荒淫"之举,但我手下已没有良臣来辅弼,又有谁能及时提醒我免过呢?全诗表面看写得很凄婉,很谦卑,内里愤恨的情绪却不时有所流露。前人论述曹植诗作时常说他"骨气奇高",这首名为"责躬"却并不"认罪"、"服罪"的诗歌,应该也是一种"骨气"的表现罢。

七 步 诗

煮豆持作羹①,漉豉以为汁②。萁在釜下然③,豆在釜中泣。本是同根生,相煎何太急?

① 持作羹:一作"然豆萁"。

② 漉:过滤。 豉(chǐ):豆豉。用豆子制成的调味佐料。

③ 萁:豆萁。 釜:锅类炊具。 然:通"燃"。

　　这首诗见于南朝宋刘义庆及其门客所编纂的《世
说新语》卷四，而现存最古的南宋刻大字十卷本《曹子
建文集》和明活字十卷本《曹子建集》不收，因此有学者
认为《世说新语》为小说家言，未必可信。不仅如此，在
流传过程中，这首六句诗还被简化成四句：

　　　　煮豆然豆萁，豆在釜中泣。本是同根生，相煎
　　何太急？

　　《世说新语》的成书去曹植活动的年代不是太远，
所记当有根据。而且，齐梁时期任昉《齐竟陵文宣王行
状》、梁昭明太子萧统《锦带书十二月启·中吕四月》、
《北史·魏收传》等，都曾提及曹植七步作诗的事。所
以，在没有强有力的证据证明《七步诗》是后人假托之
前，似不应轻易否定。

　　据《世说新语》载，曹丕曾令曹植七步作诗，不成将
"行大法"。结果，曹植应声作成本诗，曹丕面有惭色。
曹丕想加害曹植由来已久，七步作诗不过是其一端。这
花样看似文雅，实则毒辣残忍。一个人的生命系于七步

之内,是生是死全在于一首小诗能否作成。好在曹植"才高八斗",镇定自若,不仅挽救了自己,而且使曹丕羞愧,无地自容。

豆其同根而生,喻曹植与曹丕同父同母而生;豆受其煎熬,喻曹丕对曹植的加害,不只通俗,而且形象,也很有深意。诗系急中生智,脱口而出,但若无才情或缺少对曹丕屡屡加害的体验与准备,要在这么短的时间里随口吟出,一般人显然是难以做到的。

赠白马王彪①

黄初四年五月②,白马王、任城王与余俱朝京师③,会节气④。到洛阳,任城王薨。至七月与白马王还国。后有司以二王归藩⑤,道路宜异宿止。意毒恨之。盖以大别在数日⑥,是用自剖⑦,与王辞焉。愤而成篇。

谒帝承明庐⑧,逝将归旧疆⑨。清晨发皇邑⑩,日夕过首阳⑪。伊洛广且深⑫,欲济川无梁。泛舟越洪涛,怨彼东路长⑬。顾瞻恋城阙⑭,引领情内伤⑮。

太谷何寥廓⑯,山树郁苍苍。霖雨泥我涂⑰,流潦浩纵横⑱。中逵绝无轨⑲,改辙登高岗⑳。修阪造云日㉑,我马玄以黄㉒。

玄黄犹能进,我思郁以纡㉓。郁纡将何念?亲爱在离居㉔。本图相与偕㉕,中更不克俱㉖。鸱枭鸣衡轭㉗,豺狼当路衢㉘。苍蝇间白黑㉙,谗巧令亲疏㉚。欲还绝无蹊㉛,揽辔止踟蹰㉜。

踟蹰亦何留?相思无终极㉝。秋风发微凉,寒蝉鸣我侧。原野何萧条,白日忽西匿㉞。归鸟赴乔林,翩翩厉羽翼㉟。孤兽走索群㊱,衔草不遑食㊲。感物伤我怀,抚心长太息㊳。

太息将何为?天命与我违。奈何念同生㊴,一往形不归㊵。孤魂翔故域㊶,灵柩寄京师。存者忽复过㊷,亡没身自衰。人生处一世,去若朝露晞㊸。年在桑榆间㊹,影响不能追㊺。

自顾非金石㊻,咄唶令心悲㊼。

心悲动我神,弃置莫复陈㊽。丈夫志四海,万里犹比邻。爱恩苟不亏㊾,在远分日亲㊿。何必同衾帱㊿⑤,然后展殷勤㊿⑥。忧思成疾疢㊿⑦,无乃儿女仁㊿⑧。仓卒骨肉情㊿⑨,能不怀苦辛?

苦辛何虑思?天命信可疑。虚无求列仙㊿⑯,松子久吾欺㊿⑰。变故在斯须㊿⑱,百年谁能持?离别永无会,执手将何时?王其爱玉体㊿⑲,俱享黄发期㊿⑳。收泪即长路,援笔从此辞㊿㉑。

① 白马王彪:指曹彪(?—249),字朱虎,曹植异母弟。建安二十一年(216)封寿春侯,黄初后徙封汝阳公、弋阳王、白马王、楚王。嘉平元年(249),兖州刺史等谋迎曹彪都许昌,事泄,被迫自杀。白马,在今河南滑县东。

② 黄初:魏文帝曹丕年号(220—226)。

③ 任城王:曹彰(?—223),字子文,曹植同母兄。建安二十一年(216)封鄢城侯,黄初三年(222)立为任城王。任城,今山东济宁。

④ 会节气：魏于立春、立夏、立秋、立冬四个节气前，让诸王到京师举行迎气典礼，因云。

⑤ 有司：指管理诸侯王的官吏。

⑥ 大别：永别。

⑦ 剖：剖心抒怀。

⑧ 承明庐：魏都洛阳北宫有承明门，门侧为承明庐。承明庐乃天子居所，为内宫。

⑨ 逝：发语词。　旧疆：时曹植已封雍丘，仍居鄄城，治所在今山东鄄城县北旧城。

⑩ 皇邑：指京城洛阳。

⑪ 首阳：山名。在洛阳东北二十里。

⑫ 伊洛：伊水和洛水。伊水出河南熊耳山，至偃师县入洛水。洛水出陕西冢岭山，至河南巩县入黄河。

⑬ 东路：由洛阳东归鄄城之路。

⑭ 顾瞻：回头瞻望。　城阙：指洛阳城。

⑮ 引领：伸长脖子。

⑯ 太谷：即《洛神赋》中之"通谷"，在洛阳东南五十里。

⑰ 泥：使道路泥泞。

⑱ 潦(lǎo)：路上的积水。

⑲ 中逵：路中,道路交叉处。　轨：车迹。

⑳ 改辙：改道。

㉑ 修阪：长坡。

㉒ 我马玄以黄：语出《诗经·周南·卷耳》。玄黄,指马累病了。

㉓ 郁以纡：郁悒。

㉔ 亲爱：指兄弟。

㉕ 偕：同。指同行。

㉖ 中更：中道发生变更。　克：能。

㉗ 鸱枭(chī xiāo)：一种恶鸟,古代视为不祥之物。　衡轭：指代车乘。衡,车辕前横木;轭,衡旁扼住马颈的曲木。

㉘ 路衢：指城内街道。

㉙ 间：变乱。

㉚ 谗巧：谗言巧语。

㉛ 蹊：道路。

㉜ 踟蹰：徘徊不前。

㉝ 终极：穷尽。

㉞ 匿：隐藏。这里指太阳落下。

㉟ 厉：疾速的样子。

㊱ 索：求。

㊲ 不遑：顾不上。遑，闲暇。

㊳ 抚心：拊心。　太息：叹息。

㊴ 同生：同胞兄弟。曹彰和曹植都是卞后所生。

㊵ 一往：指死亡。　形：形体，指身体。

㊶ 孤魂：指曹彰灵魂。　故域：指曹彰封地任城。

㊷ 存者：指曹彪和曹植自己。

㊸ 晞（xī）：干。

㊹ 桑榆：喻日暮，此借指晚年。《太平御览》卷三引《淮南子》：“日西垂景在树端，谓之桑榆。”

㊺ 影：日光。　响：声音。

㊻ 金石：如金石般坚固不老。

㊼ 咄唶（duò jiè）：咄嗟，感叹声。

㊽ 陈：陈说。

㊾ 亏：损。

㊿ 分（fèn）：情志。

○51 衾帱：被帐。

○52 殷勤：委曲的情意。

○53 疢（chèn）：热病。

○54 无乃：未免。　儿女仁：儿女之情。

○55 仓卒：仓促。

○56 列仙：众仙。

○57 松子：赤松子。

○58 变故：灾祸。　斯须：顷刻之间。

○59 王：指白马王曹彪。

○60 黄发：老人。这里指年老高寿。

○61 援笔：指握笔作诗赠别。

　　任城王曹彰自幼善驰马射箭，膂力过人，凡事不避险阻，还能手格猛兽。建安二十三年（218），代郡乌丸反，曹操令他带兵平定，所向披靡。曹操十分高兴，称赞他说："黄须儿（曹彰须黄，故称）竟大奇也！"黄初四年（223），曹彰和诸王一起入京朝见，却莫名其妙死在京师。曹彰的死因，《三国志》未载，《世说新语·尤悔篇》说：魏文帝曹丕忌弟任城王骁壮，设计请曹彰下围棋，并一起吃枣子。曹丕事先将毒药置放在部分枣子的蒂上，并做了记号，自己选那些没有毒的吃。任城王不知底细，顺手而吃，结果中了毒。卞太后急忙派人取水来救他，但曹丕已事先让人毁掉瓶罐。太后赤脚赶到井边，没有打水的工具，一会儿任城王便死去。曹丕害死曹彰后，又想加害曹植，太后说："汝已杀我任城，不得复杀我东阿。"曹植封东阿王在明帝太和三年（229），时曹丕已死三年，记载显然有误。其次，曹丕杀害曹彰是否用毒枣，也值得怀疑。小说家之言，似未可轻信。但从曹植诗中的激怒看，曹丕害死曹彰，又想加害曹植，是完全可能的。

　　这首诗的题目是"赠白马王"，而不是"吊任城王"，但这"赠"，是赠别，为临别歧路而作，既是临别歧路，曹植就不能不回想起当时他和任城、白马诸王一同入京朝见的情形。来时是大家一起来的，归去时却少了一位骁将曹彰。对于曹彰，曹植和他是死别；对于曹彪，曹植和他是生离。生离是这首诗的主要线索，然而写生离却又不能不带出死别。从更深的层次看，诗人写与任城王的死别，意在点醒这与今日和白马王的生离实无二致。诗中川济无梁，洪涛难越，零雨泥途，中途绝轨，鸱枭豺狼,归鸟孤兽,一系列悲怆景物的描写和铺叙,正是为了营造"离别永无会,执手将何时"这种无异于死别的氛围。

这首诗前的小序说,诗因"愤而成篇"。我们知道,屈原曾说过"发愤以抒情",司马迁也说过发愤而作的话,稍早于曹植的蔡琰作有《悲愤诗》。面对曹彰的暴死,面对"有司"的黑白颠倒,造谣生事,曹植一腔郁愤,难以掩抑。他一改《责躬》、《应诏》半遮半掩、欲说还止的文风,直斥"有司"的"谗巧"及惹是生非;而直斥"有司",实际上是不给曹丕面子,甚至可以说就是直斥曹丕。因为没有曹丕的点头,"有司"不仅不敢"当路衢",更不敢指手画脚让诸王"道路宜异宿止"的。

与曹彰的死别,很悲痛;而与白马王曹彪的生离无异死别,更是悲痛。如果诗中仅仅有悲,有苦,有眼泪,而没有愤慨,没有怒目,那么这首诗就少了气骨。相反,正因为本诗有愤慨,有怒目,所以诗中的悲苦和泪水才特别感动人心。曹植情感丰富,但绝非以泪洗面、逆来顺受的诗人。他才华过人，后期的诗有追求，有抗争，有愤怒，这是后人同情并喜爱他的重要原因。

这首诗可圈可点的地方很多，在此需特别提及的是其章法方面上下章相衔接蝉联的运用。全诗共七章（也有分成六章者，即一、二两章并为一章。原因是其间并不蝉联，疑本诗原本一章而后人析之为二）。从第三章章首"玄黄犹能进，我思郁以纡"承第二章"修阪造云日，我马玄以黄"起，章章蝉联而下。这种章法多见于民歌，曹植将它应用于此，不仅使全诗的层次分明，而且使意脉不断，一气贯注，收到了很好的艺术效果。

杂　　诗

高台多悲风，朝日照北林①。之子在万里②，江湖迥且深③。方舟安可极④？离思故难任⑤。孤雁飞南游，过庭长哀吟。翘思慕远人⑥，愿欲托遗音。形影忽不见，翩翩伤我心。

① 北林:《诗经·秦风·晨风》:"鴥彼晨风,郁彼北林。"

② 之子:疑指曹彪,见前《赠白马王彪》注。按,黄初三年
   (222),曹彪徙封弋阳王、吴王,诗故云"在万里"。

③ 迥:远。

④ 方舟:两船相并。

⑤ 任:指承受。

⑥ 翘思:悬念。　远人:疑指曹彪。

　　黄初四年(223),曹植与曹彪等一起朝会京师,两
人本可以同行一段路程,可"有司"却横加阻拦。歧路
临别,曹植作《赠白马王彪》诗相赠。别后,曹彪先后复
徙封偏远的弋阳王和吴王。曹植、曹彪年龄相近,也都
爱好文学,这首诗似曹植因怀念曹彪而作。

　　风,本只有大小强弱或猛烈柔和之分,无所谓悲与
不悲,只有对于某些伤心人来说,他们才会有风悲的感
觉。因此,"悲风"是注情入景的写法。高台悲风,诗之
起首,便定下全诗悲凉的基调。"北林",见《诗经·秦
风·晨风》:"鴥彼晨风,郁彼北林。未见君子,忧心钦

220

钦。""朝日照北林",很容易使读者联想到"未见君子"
之"忧心"。曹植诗工于起调,从晨登高台进而引起怀
念曹彪的悲情,出手便自不凡。前人曾指出:诗人借
"高台"起兴,以"高台"喻京师,以"悲风"喻法令,以"朝
日"喻君王之明鉴,以"北林"言所照之偏狭。曹植和曹
彪一直为曹丕所疑忌,当然不在"日光"所照的范围之内。
故曹彪为江湖阻隔,远在万里,虽稍嫌曲折,也讲得通。
总之,诗虽然写的是怀人,但从起句中读者已可感受到当
时的政治压迫及诗人由此而产生的悲怆情绪。

　　心游万仞,情骛八极,曹植的诗在"三曹"中想象比
较丰富。这首诗,诗人想象自己将远渡江湖,无奈江湖
深远,无大舟可济,故离思难耐。又想象南飞雁能将自
己的问候带给曹彪,无奈孤雁哀吟,忽然不见,希望再次
破灭。一次又一次的失望,诗人伤心至极。

失　　题

　　双鹤俱远游,相失东海傍。雄飞窜北朔[①],

雌惊赴南湘。弃我交颈欢，离别各异方。不惜万里道，但恐天网张②。

① 窜：隐藏。
② 天网：喻法网。

　　这是一首寓言诗，见《艺文类聚》卷九十《鸟部·玄鹄门》，无题。诗的内容很简单，写的是双鹤远游，在东海之滨"相失"，一北一南，天各一方，不能相聚。分离是痛苦的，何况相隔万里之遥。但是，天网高张，如果双鹤在一起，注定要被网罗，还不如分离单飞，或可侥幸求生。这样看来，万里之遥也就不足惜了。

　　因为是寓言诗，表现的具体内容可能较为隐晦，不过，从史实、从情调看，这首诗似与《杂诗》（高台多悲风）旨意比较接近。"双鹤"中道"相失"，实际上是比喻曹植和曹彪迫于外力的中道别离，虽极不情愿，却无一点办法。《赠白马王彪》序中便曾明言：曹植与任城王曹彰、白马王曹彪一起朝会京师，曹彰暴死，曹植、曹彪还国,而"有司以二王归藩,道路宜异宿止"。所以,一鹤"飞窜北朔",赶紧远扬;一鹤"惊赴南湘",惶恐万状。"不惜万里道,但恐天网张",既是自相安慰,同时更是自警:曹丕正处处以他的"天网"罗织你我的罪名,我们可不得不倍加小心。读罢全诗,一种惶悚不安、朝不保夕的恐惧感,流溢于字里行间。

浮 萍 篇①

浮萍寄清水,随风东西流。结发辞严亲②,来为君子仇③。恪勤在朝夕④,无端获罪尤⑤。在昔蒙恩惠,和乐如瑟琴。何意今摧颓⑥,旷若商与参⑦。茱萸自有芳⑧,不若桂与兰⑨。新人虽可爱,不若故人欢。行云有反期,君恩傥中还⑩。慊慊仰天叹⑪,愁心将何诉?日月不恒处⑫,人生忽若遇⑬。悲风来入帷⑭,泪下如垂露。散箧造新衣⑮,裁缝纨与素。

① 浮萍篇：乐府诗题。一作《蒲生行》，属《相和歌辞·清调曲》。

② 结发：指成人。古代男年二十，女年十五为成人。　严亲：指父母。

③ 仇：配偶。

④ 恪勤：恭敬勤劳。

⑤ 罪尤：罪过。

⑥ 摧颓：受伤害。

⑦ 商、参(shēn)：均星宿名。二星此出彼没，不同时出现。

⑧ 茱萸：植物名。此喻小人。

⑨ 桂、兰：此喻贤人。

⑩ 倘(tǎng)：或许。

⑪ 慊慊：怨恨不满的样子。

⑫ 恒处：这里指停留。

⑬ 遇：当作"寓"，寄寓。

⑭ 帷：一作"怀"。

⑮ 散箧：打开箱子。

　　建安诗人，尤其是"三曹"，都颇留意乐府民歌。曹操改造乐府旧题,用它来写时事;曹丕《燕歌行》等作品,也颇有民歌情调。曹植对民歌和民间文学也相当关注,他在《与杨德祖书》中说:"街谈巷说,必有可采;击辕之歌,有应风雅;匹夫之思,未易轻弃也。"有一次,他和友人邯郸淳会面,一口气讽诵小说数千言。又如这首《浮萍篇》,全用比兴手法,也没有什么艰涩的典故和难字,比较接近民歌体。

这首诗以浮萍喻弃妇,以琴瑟喻弃妇当初与夫君的和谐,以参、商二星喻弃妇与夫君的不再相见,以朱萸喻新人(新妇),以桂兰喻故人(弃妇),正是这一连串的比喻,使本诗显得很生动,很有味。不仅如此,古人还常用夫妇关系喻君臣之义。本诗也是这样。诗人虽有向往君恩中还的愿望,但仍有决绝之意。因为曹植虽然企盼君臣修好,却耻于媚亲求荣,他有自己的个性在。也正因为如此,便注定了他的悲剧命运。在曹丕父子的迫害下,曹植时生忧嗟,郁郁而终,年仅四十一岁。

七　哀①

　　明月照高楼,流光正徘徊。上有愁思妇,悲叹有余哀。借问叹者谁? 言是宕子妻②。君行逾十年,孤妾常独栖。君若清路尘,妾若浊水泥。浮沉各异势,会合何时谐? 愿为西南风,长逝入君怀。君怀良不开③,贱妾当何依?

　　① 七哀:一作《怨诗行》。

　　② 宕子:犹荡子。指久留他乡不归的人。

　　③ 良:一作"常"。

　　这首诗中思妇的出场,诗人的设计颇为别出心裁——镜头是由远而近,由景及人。远远看去,是一座高楼,并没能看见人;镜头向前推进,才发现楼上有一愁眉不展的思妇。月光流水般在高楼上徜徉徘徊,荡漾晃动。在这样的景色下,思妇出场了。而她的哀绪,也正像这晃动不定的月色,轻轻地、不断地笼罩着她的心。

思妇之情完全融汇在月景之中了。我们说过，曹植诗工于发端，其实，曹植不仅如此，而且还善于写景。"明月照高楼，流光正徘徊"，就是典型的例子。又如《赠白马王彪》第四章："秋风发微凉，寒蝉鸣我侧。原野何萧条，白日忽西匿。归鸟赴乔林，翩翩厉羽翼。孤兽走索群，衔草不遑食。"连用八个句子写景，抒发任城王暴死京师后诗人离开京师的凄凉孤寂之情，历来也很受称道。

本诗结句也很有意思。从语意看，诗写思妇，至"君行逾十年，孤妾常独栖"，似可完篇。但诗人笔锋一转，却引出"君若清路尘"四句议论；紧接着又是一转，好似曲径深处更有曲径："愿为西南风，长逝入君怀。君怀良不开，贱妾当何依？"思妇思"君"至这般境地，真正是哀婉动人，耐人寻味。

本诗也可能别有寄托。"清路尘"与"浊水泥"本来就是同一物，浮时为"尘"，沉时便成"泥"。"浮沉各异势"，指的就是"尘"、"泥"因势而成异物，诗人以此喻曹丕、曹植兄弟本为骨肉一体，因势而异，一为天子，一为臣下，荣枯也就不同。在这里，诗人仍以夫妇喻君臣，希望曹丕能念骨肉之情，不要随意将自己遗弃。

种 葛 篇①

种葛南山下，葛藟自成阴②。与君初婚时，结发恩义深。欢爱在枕席，宿昔同衣衾③。窃慕《棠棣》篇④，好乐和瑟琴。行年将晚暮，佳人怀异心。恩纪旷不接⑤，我情遂抑沉⑥。出门当何顾⑦？徘徊步北林⑧。下有交颈兽，仰见双栖禽。攀枝长叹息，泪下沾罗衿。良马知我悲，延颈代我吟。昔为同池鱼，今为商与参⑨。往古皆欢遇，我独困于今。弃置委天命⑩，悠悠安可任⑪。

① 种葛篇：乐府诗题，属《杂曲歌辞》。

② 葛藟(lěi)：葛藤。葛，豆科，多年生蔓草。

③ 宿昔：同"夙昔"，早晚。

④《棠棣》篇:《诗经·小雅》篇名。诗云:"妻子和合,如鼓瑟
　　琴。兄弟既翕,和乐且湛。"

⑤ 恩纪:恩爱之事。　　旷:久。

⑥ 抑沉:压抑,低落。

⑦ 顾:思念。

⑧ 北林:见前《杂诗》(高台多悲风)注。

⑨ 商、参:见前《浮萍篇》诗注。

⑩ 委:归。

⑪ 任:承受。

　　曹植的诗受乐府民歌影响很深,和曹操、曹丕一样,
其于传统文化也有很好的修养,特别是对《诗经》,相当
熟悉,四言诗写得相当好,而且一些诗还能融汇《诗经》
之意来曲折地抒发自己的情感。

　　《乐府诗集》卷六十四录《种葛篇》仅曹植这一首,
因而以"种葛"名篇的乐府诗可能为曹植所首创。一般
说来,乐府诗题大多与内容没什么联系,而据《诗经·
唐风·葛生》郑玄注,此诗写丈夫从军未还,生死未卜,

其妻居家思念不已。可见,《葛生》是一篇思妇诗。曹植的这首诗以"种葛"命题,所写也是思夫之辞,这是他构思精巧的第一点。

其次,诗以"种葛南山下,葛藟自成阴"起兴,用以比喻初婚夫妇的恩爱之深。而《诗经·王风》有一篇《葛藟》,首章曰:"绵绵葛藟,在河之浒。终远兄弟,谓他人父。谓他人父,亦莫我顾。"《诗小序》说这首诗是"周室道衰,弃其九族焉。"朱熹《诗集传》卷四说:"世衰民散,有去其乡里家族,而流离失所者,作此诗以自叹。""九族"也好,"家族"也好,诗首先涉及的还是兄弟离散的问题。曹植暗用此典,以喻兄弟阻隔,意在表示曹丕对他的遗弃,已无骨肉情意可言。"出门当何顾"云云,明显就是《葛藟》的"终远兄弟"之意。

第三,《棠棣》篇见《诗经·小雅》,是《诗经》中的名篇。其第七章云:"妻子好合,如鼓瑟琴。兄弟既翕,和乐且湛。"第一章云:"常棣之华,鄂不韡韡。凡今之人,莫如兄弟。"曹植诗表面上讲的是夫妻好合,其实

"和乐"指的还是兄弟之间的关系。兄弟间关系融洽，就和乐愉快；兄弟之间不合，其乐就不能长久。

本诗的内容大抵与《浮萍篇》相同，而借用《诗经》中《葛生》、《葛藟》、《棠棣》诸篇的诗意，情辞似更委婉，也显得更加温文尔雅，耐人深味。

矫　志①

桂树虽芳，难以饵鱼②；尸位素餐③，难以成居④。磁石引铁，于金不连⑤；大朝举士，愚不闻焉。抱璧涂乞⑥，无为贵宝⑦；履仁遘祸⑧，无为贵道。鹓雏远害⑨，不羞卑栖⑩；灵虬避难⑪，不耻污泥。都蔗虽甘⑫，杖之必折；巧言虽美，用之必灭。□□□□，□□□□；济济唐朝⑬，万邦作孚⑭。逢蒙虽巧⑮，必得良弓；圣主虽知⑯，亦待英雄。螳螂见叹⑰，齐士轻战⑱；越王轼蛙，国以死献⑲。道远知骥，世伪知贤。

□□□□，□□□□⑳；覆之焘之㉑，顺天之矩㉒。泽如凯风㉓，惠如时雨。口为禁门㉔，舌为发机㉕；门机之闿㉖，楛矢不追㉗。

① 矫志：励志。

② 饵鱼：充当鱼饵。

③ 尸位素餐：占着位置不做事而白受俸禄。尸，主。素，空。

④ 成居：成事。

⑤ 金：指铜。

⑥ 涂：通"途"。 乞：乞讨。

⑦ 无为：成不了。

⑧ 履仁：履行仁德。 遘：遭遇。

⑨ 鹓雏：凤凰。 远害：避害。

⑩ 不羞卑栖：不以卑栖为羞。

⑪ 灵虬：神龙。

⑫ 都蔗：即甘蔗。

⑬ 唐朝：指帝尧时代。

⑭ 万邦作孚：《诗经·大雅·文王》成句，意谓在各国建立信誉。孚，信。

⑮ 逢蒙：古代善射者。传说曾学射于羿。

⑯ 知：通"智"。

⑰ 螳螂见叹：据《韩诗外传》，齐庄公出猎，一只螳螂举足挡
   车，车手说，这螳螂只知前进而不知后退。庄公说，假如它
   是人的话，必定成为天下勇士。于是让车手绕过它。后
   来，许多勇士都归向齐国。

⑱ 轻战：看轻作战，意为不怕死。

⑲ "越王"二句：据《韩非子》载，越王勾践伐吴，半途见到一
   只怒蛙，越王伏在车前横杠向它行礼。随从问他，为什么
   向蛙行礼。越王回答他，因为蛙气盛。第二年，国中勇士
   纷纷要求为伐吴献身。

⑳ "□□"二句：疑即李善《文选》任昉《宣德皇后令》注所引
   曹植《矫志》诗句："仁虎匿爪，神龙隐鳞。"

㉑ 覆、焘：复义词。焘，覆。指天无不涵盖。

㉒ 顺天之矩：指天无私覆的法则。

㉓ 凯风：南风。

㉔ 为：如。

㉕ 发机：弩上发射的机关。

㉖ 闿：开。

㉗ 楛矢不追：即"一言既出，驷马难追"之意。楛矢，用楛木做的箭。

　　这首诗的形式较为特殊，全篇都用比喻，但用意非常明显，内容也不复杂。概括说，主要有四个方面：一是名物要实，不要徒有虚名；二是要避身远害；三是人主应懂得用人；四是做人要谨慎再谨慎，以免惹祸。"圣主"一类的话，是讲给曹丕听的；远害和发言谨慎是自励之辞；重实用不要徒有虚名，既是对人也是对己而言。曹丕当权的时代，曹植忧谗畏讥，首要的问题是全身远害，即使处在卑低之位，但一枝可栖，一瓢可饮，或在忍耻含垢、处于污泥浊水之中，也得将就，不辞苟且偷生。另一方面，曹植仍对曹丕有所幻想，希望他顾念兄弟情谊，对自己稍加垂顾，有所任用。由此可见，在对曹丕的态度上，曹植一直处于痛苦和矛盾之中。

　　诗用比喻说理较为常见，罕见的是通篇全用比喻。这首诗每四句为一组，前面二句是比喻，后面二句是主旨，形式上是诗，但又类于铭箴体。"箴"诵于官，而

"铭"刻于器物,都作警戒之用。作为箴铭,"其摛文也必简而深"(《文心雕龙·铭箴篇》)。"简而深",就不能不多用比喻,以求文字简洁,内容深厚。试比较曹植这首诗的结尾四句与南齐竟陵王萧子良的《口铭》:

　　　　口为禁门,舌为发机;门机之闿,楛矢不追。——(曹植)

　　　　惟口是慎,慎乎语笑。三箴是戒,事重周庙。戒之戒之,无贻厥诮。——(萧子良)

如果把曹植这四句诗当作《口舌铭》或《口舌箴》来看待,似乎也不比萧子良的《口铭》逊色。

鼙舞歌·圣皇篇①

　　汉灵帝西园鼓吹有李坚者②,能鼙舞,遭乱西随段颎③。先帝闻其旧有技,召之。坚既中废④,兼古曲多谬误,异代之文⑤,未必相袭,故依前曲⑥,改作新歌五篇⑦。不敢充之黄门⑧,近以成下国之陋乐焉⑨。

圣皇应历数⑩,正康帝道休⑪。九州咸宾服⑫,威德洞八幽⑬。三公奏诸公⑭,不得久淹留⑮。藩位任至重,旧章咸率由。侍臣省文奏,陛下体仁慈⑯。沉吟有爱恋⑰,不忍听可之⑱。迫有官典宪⑲,不得顾恩私⑳。诸王当就国,玺绶何累缞㉑。便时舍外殿㉒,宫省寂无人㉓。主上增顾念,皇母怀苦辛㉔。何以为赠赐,倾府竭宝珍㉕。文钱百亿万,采帛若烟云。乘舆服御物㉖,锦罗与金银。龙旗垂九旒㉗,羽盖参班轮㉘。诸王自计念㉙,无功荷厚德㉚。思一效筋力,糜躯以报国㉛。鸿胪拥节卫㉜,副使随经营㉝。贵戚并出送,夹道交辎轺㉞。车服齐整设,韡晔耀天精㉟。武骑卫前后,鼓吹箫笳声。祖道魏东门㊱,泪下沾冠缨。扳盖因内顾㊲,俯仰慕同生。行行日将暮,何时还阙庭?车轮为徘徊,四马踌躇鸣。路人尚酸鼻,何况骨肉情!

① 鞞舞歌：乐府诗题，属《舞曲歌辞·杂舞》。　圣皇：指曹丕。

② 汉灵帝：刘宏，公元168—189年在位。　西园：东汉皇家园林。灵帝中平五年(188)八月，初置西园八校尉。　鼓吹：军乐或宴乐一类。

③ 遭乱：指遭董卓之乱。　段颎：一作段煨。武威人，官至大鸿胪，建安七年(202)病卒。

④ 中废：长时间中止技艺。

⑤ 文：指歌辞。

⑥ 前曲：据《乐府诗集》卷五十三所引《古今乐录》：《鞞舞》有"汉曲五篇：一曰《关东有贤女》，二曰《章和二年中》，三曰《乐久长》，四曰《四方皇》，五曰《殿前生桂树》，并章帝造"。

⑦ 新歌五篇：指《圣皇篇》、《灵芝篇》、《大魏篇》、《精微篇》和《孟冬篇》。

⑧ 黄门：《通典·职官三》："凡禁门黄闼，故号黄门。"按，汉世有黄门鼓吹。

⑨ 下国：指诸侯国。天子则为上国。

⑩ 应历数：顺应上天改朝换代的气数。

⑪ 正康：即政康。正，通"政"。 休：美。

⑫ 宾服：臣服。

⑬ 洞：达。 八幽：八方荒远之地。

⑭ 三公：指司徒华歆、司空王朗、太尉贾诩。 诸公：指曹彰、曹植、曹彪等。按，曹操葬后，遣诸侯就国，当时诸侯尚无人进爵为王。

⑮ 淹留：停留。

⑯ 陛下：指曹丕。 体：性。

⑰ 沉吟：迟疑不决的样子。

⑱ 可：许可。

⑲ 典宪：国家法度。

⑳ 恩私：恩爱。

㉑ 累缛：意同"葳蕤"，繁盛的样子。

㉒ 便时：即时。 舍：住。

㉓ 宫省：禁中。

㉔ 皇母：太后。

㉕ 府：库府。

㉖ 乘舆：帝王车乘。

㉗ "龙旗"句：意指旗上画龙，下垂九旒。按，魏晋制度，皇帝

旗九旒,公旗八旒,侯旗七旒,此用以赐诸王,有特恩之意。旒,旗上飘带。

㉘ 参:与。　班轮:用朱漆绘上图案的车轮。

㉙ 计念:考虑。

㉚ 荷:受。

㉛ 糜躯:捐躯。糜,通"靡",倒下。

㉜ 鸿胪:执掌诸侯封拜、朝贡行礼等职的官员。　拥节:持节。节,奉命出使或执行其他朝命的标志。

㉝ 经营:办事,照料。

㉞ 辎軿(zī píng):女性车乘,均带有帷屏。

㉟ 韡晔(wěi yè):明亮的样子。　天精:指太阳。

㊱ 祖道:行前祭祀路神的仪式。

㊲ 内顾:后顾。

《鼙舞歌》汉曲凡五篇,原乃章帝所造。曹植这五篇新歌,为自创的新题。这首《圣皇篇》即为五篇之一,当也作于黄初四年(223)由京师返归藩国时。由于被强制归藩,一路又有种种限制,曹植自然非常痛苦,因而作此五篇歌诗。然而,若比起《赠白马王彪》来,《圣皇篇》要显得委婉多了。

与《赠白马王彪》一样，曹植在诗中将曹丕对自己迫害的责任都归到有司身上。《赠白马王彪》把这伙人比喻成"鸱枭"、"豺狼"、"苍蝇"，骂他们"谗巧"，而《圣皇篇》没有这样做，只是用"三公"、"侍臣"这样很正规的语汇。《赠白马王彪》没有直接提到曹丕，《圣皇篇》则反复直接写到曹丕，而且把他说得颇有亲情，或是"体仁慈"，或是"有爱恋"；对"三公"、"侍臣"所奏是"不忍听"，诸王归藩是增其"顾恋"。他还对诸王赏赐有加，甚至破例提高规格，仪仗铺陈几乎到了无以复加的地步。这样的皇帝如何不是"圣皇"？这样的兄弟，又如何不是情同手足？不过，由"祖道"而"泪下"，情调急转。此时此刻，珍宝金钱愈多，采帛舆服愈繁，车仗仪卫愈盛，鼓吹箫笳愈响，上路和送行的人就愈感"酸鼻"，由此也更可见骨肉之情的淡薄。从整首诗看，绝大部分的篇幅只是用来铺垫，"祖道魏东门，泪下沾冠缨"作一收束，"扳盖因内顾"以下八句才引入离京归藩正题。正因为有了这样的铺垫，不仅见出曹丕对兄弟情分的淡薄，更可见其所为的虚伪奸诈。

《赠白马王彪》一向被视为曹植后期的代表诗作，这是不错的。但这首《圣皇篇》写得如此深婉有味，亦不失为佳篇，读者也应加以关注。

鼙舞歌·孟冬篇

孟冬十月，阴气厉清①。武官诚田②，讲旅统兵③。元龟袭吉④，元光著明⑤。蚩尤跸路⑥，风弭雨停⑦。乘舆启行，鸾鸣幽轧⑧。虎贲采骑⑨，飞象珥鹗⑩。钟鼓铿锵，箫管嘈喝⑪。万骑齐镳⑫，千乘等盖。夷山填谷，平林涤薮⑬。张罗万里，尽其飞走。趯趯狡兔⑭，扬白跳翰⑮。猎以青骹⑯，掩以修竿⑰。韩卢宋鹊⑱，呈才骋足⑲。噬不尽绁⑳，牵麋掎鹿㉑。魏氏发机㉒，养基抚弦㉓。都卢寻高㉔，搜索猴猿。庆忌孟贲㉕，蹈谷超峦。张目决眦㉖，发怒穿冠。

顿熊扼虎㉗,蹴豹搏貙㉘。气有余势,负象而趋。获车既盈,日侧乐终。罢役解徒,大飨离宫㉙。

乱曰㉚:圣皇临飞轩㉛,论功校猎徒。死禽积如京㉜,流血成沟渠。明诏大劳赐,大官供有无㉝。走马行酒醴,驱车布肉鱼㉞。鸣鼓举觞爵,击钟醑无余㉟。绝网纵麟麑㊱,弛罩出凤雏。收功在羽校㊲,威灵振鬼区㊳。陛下长欢乐,永世合天符㊴。

① 阴气:寒气。 厉清:天朗气清。

② 诫田:下令打猎。诫,同"戒",令。田,田猎。

③ 讲旅统兵:习武治兵。讲,习。

④ 元龟袭吉:用龟壳卜得吉兆。元,大。袭,合。

⑤ 元光:指彗星。

⑥ 蚩尤:上古部落领袖,勇猛善战。这里指代勇士。 跸(bì)路:清道。

⑦ 弭(mǐ):停止。

⑧ 鸾：指车铃。　幽轧：声音悠扬的样子。

⑨ 虎贲：勇士。　采骑：身着鲜艳服饰的骑马随从。

⑩ 飞象：用象牙装饰的车子奔走如飞。　珥(ěr)：戴，插。

鹖(hé)：指鹖鸟之毛。

⑪ 嘈喝：嘈杂。

⑫ 齐镳(biāo)：指行动整齐。镳，马嚼子。

⑬ 薮(sǒu)：沼泽。

⑭ 趯趯(tì)：跳跃的样子。

⑮ 扬白跳翰：扬起白足，摇动长毛。

⑯ 青骹(qiāo)：青色猎鹰。

⑰ 掩：套取。

⑱ 韩卢、宋鹊：均古代猎狗名。

⑲ 呈才骋足：极力表现，竭力追逐。

⑳ 噬(shì)不尽绁(xiè)：绳索未放松已咬到猎物。绁，牵狗

的绳子。

㉑ 掎(jǐ)：牵，从后面抓住。

㉒ 魏：大魏。古之善射者。

㉓ 养基：养由基。春秋时著名射手。

㉔ 都卢：古代东部民族部落，善攀援。

㉕ 庆忌、孟贲：均古代有名的勇士。

㉖ 决眦(zì)：眼眶裂开。此指睁大眼睛。

㉗ 顿：击倒。　扼：捉。

㉘ 蹴(cù)：踢倒。　貙(chū)：虎属猛兽,似狸而大。

㉙ 大饗：盛大宴会。

㉚ 乱：乐曲或诗、赋的结尾部分称乱,每用以概括全篇要旨。

㉛ 飞轩：高殿的栏杆。

㉜ 京：山丘。

㉝ 大官：大官令。掌皇帝饮食燕享的官员。

㉞ "走马"二句：意谓用车马载着酒肉在广野中遍饗从猎者。

㉟ 釂(jiào)：喝干杯中的酒。

㊱ 纵麟麑(ní)：指放走小兽。麟麑,小麟。

㊲ "收功"句：意指田猎之功目的在于检阅士卒的战斗力。羽校,背负弓箭的士卒。

㊳ 鬼区：绝远的地方。

㊴ "永世"句：意谓永享帝王尊号。天符,上天符命。

《鼙舞歌》前四曲都是五言,唯本诗为四言("乱曰"以下仍为五言)。春秋时期,流行春蒐、夏苗、秋狝、冬狩。羽猎每每是一种讲武和锻炼、检阅军队的形式,各诸侯国都非常重视。汉代帝王也喜欢打猎,但大多却是为了娱乐。于是司马相如、扬雄等辞赋家便写文章,利用"赋"的形式对帝王加以讽谏,试图恢复羽猎的武事功能。建安以来,残酷的战乱环境改变了人们的生活方式,曹操让他的儿子从小习武。建安十年(205),曹丕曾与族兄曹丹猎于邺西,"终日手获獐鹿九,雉兔三十"。建安十八年(213),曹操出猎,曹丕随从,作《校猎赋》,其中有这样的句子:

> 高宗征于鬼方兮,黄帝有事于阪泉。愠贼备之作戾兮,忿吴夷之不藩。将训兵于讲武兮,因大蒐乎田隙。

孙吴不藩,曹操将像高宗征讨鬼方、黄帝在阪泉与炎帝作战一样来讨伐它。大规模的射猎,练兵讲武,实是为征讨孙吴作军事准备。曹植这首舞歌,因有被于管弦以供娱乐的功用,但也有提醒曹丕训练好士卒、作好打仗准备的用意。由于田猎本身就是一种武事,古已有之,所以用四言的形式来表现,更显得古雅。

这首舞歌气势高昂,气魄宏大。曹植集中同类作品如《白马篇》等均稍逊色。本来,汉大赋都以巨丽为美,写田猎场面都十分恢宏。这首舞歌的铺叙不仅受汉大赋的影响,夸饰、气势方面,也都有汉大赋的遗风,是曹植诗作中很有特色的一篇诗作。

当 墙 欲 高 行①

龙欲升天须浮云,人之仕进待中人②。众口可以铄金③,谗言三至,慈母不亲④。愦愦俗间⑤,不辨伪真。愿欲披心自说陈,君门以九重⑥,道远河无津。

① 当墙欲高行:乐府诗题,属《杂曲歌辞》。

② 中人:中介人。

③ 众口铄金:指众人的谗言连黄金都可以被消熔,人就更不用说了。铄,消熔。

④ "谗言"二句:据《战国策·秦策》载,孔子弟子曾参是有名
的贤人。一次,一个与他同名同姓的在外杀了人,有人告
诉他母亲,说她儿子杀了人。曾参母亲不相信,镇定自若
地织布。一会,又有人跑来告诉她,她仍然不信,依旧织她
的布。等到第三个人来报告,她终于慌了手脚,扔下织布
的杼子逾墙逃走了。

⑤ 愦愦:昏乱不明的样子。

⑥ "君门"句:用宋玉《九辩》成句,意指人君居所门扃重重,
受谗言无处申辩。

　　曹丕被立为魏王并继而为魏帝之后,与曹植的兄
弟、君臣关系一直很紧张。曹丕死后,其子曹叡为帝
(明帝),与曹植虽为叔侄,但相互关系仍未得到根本
改善。这首诗很难确定是作于文帝时期还是作于明
帝时期,但不是曹植的早期作品是可以肯定的。君臣
关系的紧张,主要缘于曹丕父子对曹植的忌刻,甚或
必欲置之死地而后快。朝廷中一些主管官员为逢迎
曹丕父子,也纷纷为虎作伥,或制造事端,或伺机告

密,落井下石,推波助澜。曹植在这样两面夹击的荆天棘地里生活,自然痛苦万分。而对于君主,曹植又不能犯颜直斥,他的诗便只能把矛头对准那些好进谗言、搬弄是非的小人,亦即诗中所言国君身边的"中人",委婉曲折地发泄对"明君"偏信谗言、"不辨伪真"的愤恨与不满。

本诗用了"众口铄金"成语和"曾母投杼"典故,来形容谗言的可怕。与此相类,曹植还有一首《乐府歌》(疑为残句)也是写谗言可畏的:

> 胶漆至坚,浸之则离。皎皎素丝,随染色移。
> 君不我弃,谗人所为。

批判锋芒,直指"谗人";对人君,则留有余地。"君不我弃",说明他对曹丕还存有幻想。应该说,忧谗畏忌,历来是中国古代诗文一个常见的主题,从屈原到李白,从贾谊到苏轼,无不留下伤感痛心的文字。虽然诗人们的经历各不相同,但在"君要臣死,臣不得不死"的封建时代,其悲剧性的历史结局则是一样的。

怨　歌　行①

　　为君既不易,为臣良独难。忠信事不显②,乃有见疑患③。周公佐成王④,金縢功不刊⑤。推心辅王室,二叔反流言⑥。待罪居东国⑦,泣涕常流连⑧。皇灵大动变⑨,震雷风且寒。拔树偃秋稼,天威不可干⑩。素服开金縢⑪,感悟求其端⑫。公旦事既显⑬,成王乃哀叹。吾欲竟此曲,此曲悲且长。今日乐相乐,别后莫相忘⑭。

① 怨歌行:乐府诗题,属《相和歌辞·楚调曲》。

② 显:明白。

③ 见疑:被疑。

④ 周公:见前曹操《短歌行》注。　成王:周成王姬诵。其父武王死时他尚年幼,由叔父周公旦摄政。时管叔、蔡叔挟殷的后代武庚作乱,周公东征平之,巩固了西周王朝的统治。后周公归政于他。

⑤ 金縢：金匮。相传周武王病重，周公作策书求神代死，藏之
于金匮。后成王开匮见书，为周公的忠诚所感动，执书以
泣，迎归成周。《尚书》有《金縢》篇记其事。　刊：此指
磨灭。

⑥ 二叔：指管叔、蔡叔，二人散布流言，说周公将不利于成王。

⑦ 待罪：等待处罚。据载，周成王听信二叔谗言，周公遂借征
徐戎避祸，留之不归。

⑧ 流连：连续不断。

⑨ 皇灵：天帝。　动变：发生灾异。古人常以自然灾害附会
政治，以下所云雷雨大风、拔树偃稼等，都被视为对成王的
警告。

⑩ 干：冒犯。

⑪ 素服：丧服，表示认罪。

⑫ 端：指原委。

⑬ 公旦：周公名旦，故称。

⑭ "吾欲"四句：乐府歌辞常见套语，也可能是演唱时所加。

　　这首诗是否曹植所作，还有些疑问。但曹植集子的
各种版本都载有此诗，特别是从诗的口吻看，很切合曹

植的身份,所以我们还是认为它是曹植的作品。

太和元年(227)曹丕之子曹叡登基为帝,曹植原先与文帝的弟兄关系转换成与明帝的叔侄关系,辈分上的年长,使他与国君的相处更加困难。太和二年(228)正月,曹叡行幸长安。当时京城流言明帝已崩,从驾群臣迎立雍丘王曹植。京城中自卞太后群公以下都甚感疑惧。明帝自长安还,卞太后说不清其悲喜,想推究流言的起始,明帝说:"天下人都这样说,将如何推究?"对曹植的猜忌十分明显。

从《当墙欲高行》等篇,可以看出曹植对谗言和流言的痛恨,这首咏周公的咏史诗便涉及这方面的内容。像周公这样一位忠于王室的忠臣还难免为谗言、流言所中伤,更不必说其他人臣,所以说"为臣良独难"。但是周公还有另一特殊的身份,就是武王的弟弟、成王的叔父(曹植亦然)。武王死后,只要成王信任他,他就可以发挥其他臣子所起不了的作用,辅佐王室,巩固政权。武王死时,成王尚幼;而文帝死时,曹叡已经二十余岁。曹植并无"摄政"之类的非分之想,但他一向认为,亲重藩王公族是国家巩固的根本,轻疏藩王公族将使异姓有可乘之机。忠而见疑,信而被谤,曹植渴望能消除对他的疑忌,效力于朝廷,像周公那样发挥公族的作用。可后来的事实证明:这只是一厢情愿。在皇冠被认为受到威胁的时候,兄弟和叔侄的骨肉之情是分文不值的。

喜　雨

天覆何弥广①,苞育此群生②。弃之必憔悴,惠之则滋荣③。庆云从北来④,郁述西南征⑤。时雨终夜降⑥,长雷周我庭⑦。嘉种盈膏壤⑧,登秋必有成⑨。

① 弥:溢;满。

② 群生:指万物。

③ 惠:爱。

④ 庆云:即景云,见前《仙人篇》注。

⑤ 郁述:烟云上浮的样子。南朝梁王僧孺《与陈居士书》:

"行云郁述。"

⑥ 终夜：一本作"中夜"。

⑦ 周：绕。

⑧ 嘉种：嘉禾。

⑨ 登：收获。

《北堂书钞》有曹植《喜雨》诗序云："太和二年大旱，三麦不收，百姓分为饥饿。"按之正史，太和二年（228）五月确有大旱记载，本诗当作于这一年。

久旱而雨，曹植甚为欣喜。他仔细描绘庆云北来终夜降雨的经过，并预示秋天必定会有好收成。在靠天吃饭的农业经济社会，一场及时雨给人们带来多么大的希望！但这首诗似还有另一层象征的意义。封建社会，天就是国君的象征。天无所不覆盖，帝力无所不及。天苞育万物，可以使之憔悴（例如久旱），也可以使之滋荣（例如降场及时雨）。同样，天子可以叫你死，也可以叫你生；可以让你枯，也可以让你荣。天是无形的，你不知道它什么时候旱，什么时候雨；天子是有形的，你可以感受到他的所作所为,感受到他的威力。曹植这样一个臣子,这样一个皇叔,与曹叡的关系相当微妙。曹叡弃之亦可,惠之亦可;想让曹植憔悴亦可,想使曹植滋荣亦可,就看他怎么做。这是一层意思。曹丕临终遗诏,让司马懿辅政,明帝即位后,司马氏的势力、威望日高,曹植深感忧懑,他说:"今反公族疏而异姓亲,臣窃惑焉。"(《陈审举表》)曹叡弃公族而亲异姓,结果是公族、曹氏憔悴,而异姓(司马氏)滋荣。"天覆何弥广",就看曹叡怎么做了。

杂　诗

　　转蓬离本根,飘飖随长风。何意回飙举①,吹我入云中。高高上无极,天路安可穷？类此游客子②,捐躯远从戎。毛褐不掩形③,薇藿常不充④。去去莫复道,沉忧令人老⑤。

① 回飙:旋风。

② 游客：一作"流宕"，是。《晋书·石崇传》："流宕忘归。"流宕，犹流浪。

③ 褐(hè)：粗布衣。　掩形：遮身蔽体。

④ 薇藿：见前《赠徐幹》注。

⑤ 沉忧：深忧。

　　明帝太和元年(227)，徙封曹植于浚仪，二年，复还雍丘。三年，徙封东阿。曹植在《转封东阿王谢表》中谈到雍丘等地的生活时说："桑田无业，左右贫穷，食裁馉口，形有裸露。"另据其《迁都赋序》所说："连遇瘠土，衣食不继。"可见，曹植虽是皇叔，贵为藩王，经济状况却极差，连衣食温饱也有问题。联系本诗"毛褐不掩形，薇藿常不充"云云，曹丕、曹叡父子对曹植的迫害，由此可见一斑。

　　自曹丕当权以来，曹植由临菑侯贬安乡，后改鄄城，徙雍丘，改浚仪，复还雍丘，最后封东阿，可谓流离播迁，不仅居无定所，而且所封之地常常是"瘠土"，贫穷得可以。诗人将自己比作"游客(宕)子"，这是一层比喻；而

"游客(宕)子"又有类于飘离本根的"转蓬",这又是一层比喻。"高高上无极,天路安可穷?"虽是代"转蓬"发问,实质含有诗人无限隐衷,因为"转蓬"乃是诗人自我形象的象征。其《吁嗟篇》前四句亦云:

> 吁嗟此转蓬,居世何独然。长去本根逝,宿夜无休闲。

"转蓬离本根",当然难以存活。对曹植而言,所谓"本根"当是指曹氏集团。"本根"强大,曹氏集团强大,国家政权才会巩固;"本根"削弱,曹氏集团削弱,国家政权就将衰弱。曹植既伤痛自己的流离播迁,又伤痛"本根"的日益单薄。但是,"天高听远,情不上通"(《陈审举表》),既然远离"本根",曹植就只有"望青云而拊心,仰高天而叹息"了。

吁　嗟　篇①

吁嗟此转蓬,居世何独然②。长去本根

逝^③,宿夜无休闲^④。东西经七陌,南北越九
阡。卒遇回风起^⑤,吹我入云间。自谓终天路,
忽然下沉渊。惊飙接我出,故归彼中田^⑥。当
南而更北,谓东而反西。宕宕当何依^⑦?忽亡
而复存。飘飖周八泽^⑧,连翩历五山^⑨。流转
无恒处^⑩,谁知吾苦艰!愿为中林草,秋随野火
燔。^⑪糜灭岂不痛^⑫?愿与株荄连^⑬。

① 吁嗟篇:乐府歌辞,属《相和歌辞·清调曲》。

② 居世:处世。

③ 长去:永远离去。

④ 宿夜:同"夙夜",早晚。

⑤ 卒:猝。

⑥ 中田:田中。

⑦ 宕宕:即"荡荡",无定止的样子。

⑧ 周:遍。　八泽:泛指各地的湖泊。

⑨ 五山:五岳。

⑩ 流转:迁徙。　恒:常。

⑪ 燔：焚烧。

⑫ 糜：糜碎。

⑬ 株荄：一作"根荄"。荄，草根。

　　本诗与前《杂诗》(转蓬离本根)一样，都是写不断迁徙、流离播迁的苦楚。作者另有《迁都赋序》历叙其迁都之状云：

　　　　余初封平原，转出临菑，中命鄄城，遂徙雍丘，改邑浚仪，而末将适于东阿。号则六易，居实三迁。连遇瘠土，衣食不继。

而《三国志·魏志·陈思王植传》也说："十一年中而三徙都，常汲汲无欢。"

　　《杂诗》(转蓬离本根)虽也以"转蓬"起，但用以比喻"游客(宕)子"，而这首诗则通篇专写"转蓬"。诗人以转蓬(我)自述口吻，说如何地飞越东西南北，如何上穷云天，下堕深渊，又如何地飘转流宕，时而八泽，时而五岳，通篇有类寓言。明眼人一望而知，这也是作者的自我写照。

不断迁徙,"连遇瘠土,衣食不继",这或许是诗人苦痛悲愤,难以自抑的原因。而悲愤得无法容忍,故尔产生自我灭绝的念头,也足见其忧患深广。自我灭绝是很痛苦的,这是一层;与本根同时灭绝,则更为悲痛,这又是一层。魏明帝和文帝一样,非但不信任,而且不断地打击迫害诸王,同时却重用司马懿等人,曹魏的"本根"已经开始动摇。曹植政治嗅觉比较敏锐,似有预感,所以在《陈审举表》《吁嗟篇》等一些诗文中反复提及"本根"的问题,希冀明帝能有所醒悟,改弦更张。但明帝终于未能醒悟,以至最终导致了曹魏王朝的覆灭。

杂　　诗

　　仆夫早严驾^①,吾行将远游。远游欲何之?吴国为我仇^②。将骋万里涂,东路安足由^③?江介多悲风,淮泗驰急流^④。愿欲一轻济,惜哉无方舟^⑤。闲居非吾志,甘心赴国忧。

① 仆夫：指驾车者。 严驾：整治好行装。

② 吴国：指孙权。

③ 由：行。

④ 江介：长江间。 淮泗：淮水和泗水。 急流：与上句"悲风"均喻军情紧急。

⑤ 方舟：见前《杂诗》(高台多悲风)注。

太和二年(228)，魏将曹休攻吴，遭遇截击，几乎全军覆没，辎重损失惨重，曹休也痈发背而死。曹植有感于此，写下这首诗，以表达报国杀敌的决心。

太和初年，曹植的境遇日益恶劣，我们读他的《杂诗》(转蓬离本根)、《转封东阿王谢表》等，都可见其心情十分压抑。但是，曹植毕竟是有血性的诗人，国家有难，他闲坐不住，跃跃欲试，发为歌诗，感奋人心，慷慨激昂。与本诗同期而作的《求自试表》其中的一些话，也可作为"闲居非吾志，甘心赴国忧"的注释：

　　流闻东军失备，师徒小衄，辍食忘餐，奋袂攘衽，抚剑东顾，而心已驰于吴会矣！臣昔从先武皇帝南极赤岸，东临沧海，西望玉门，北出玄塞，伏见所以行师用兵之势，可谓神妙也！故兵者不可豫言，临难而制变者也。志欲自效于明时，立功于圣世。每览史籍，观古忠臣义士，出一朝之命，以徇国家之难，身虽屠裂，而功铭著于鼎钟，名称垂于竹帛，未尝不拊心而叹息也。

谁能想象，这等文字会出自一个屡遭迫害、甚至"衣食不继"的王侯之手？所惜曹植虽然有强烈的报国之志，但他对自己的志向能否实现甚感怀疑。"惜哉无方舟"，他的行动和自由，乃至生命都掌握在曹叡手里，能不能"骋万里涂"，能不能"赴国忧"，都不是他自己能够决定的。尽管他一再表示"乘危蹈险，骋舟奋骊，突刃触锋"，不惜"身分蜀境，首悬吴阙"，其"赴国忧"的壮怀终究落空。他的令人动容的诗唱，在慷慨中显得那么沉郁，那么悲壮。

杂　诗

南国有佳人①，容华若桃李②。朝游江北

岸③,夕宿潇湘沚④。时俗薄朱颜⑤,谁为发皓
齿⑥? 俯仰岁将暮⑦,荣耀难久恃⑧。

① 南国:江南。

② 容华:颜色。

③ 江北:一作"江海"。

④ "夕宿"句:一作"日夕宿湘沚"。潇湘,均水名,二水在今
    湖南省零陵县西北会合。沚,小洲。

⑤ 朱颜:红颜。

⑥ 发:开启。

⑦ 俯仰:一俯一仰之间,形容短暂。

⑧ 荣耀:指美丽的容颜。

　　曹叡即位时,曹植三十六岁。按理说,这个年龄不
算大,但我们不要忘记,曹丕死时也只有四十岁。有了
这样一个参照系数,曹植对年岁就不能不敏感,何况在
他这样的年龄,建金石之功,流永世之业的远大抱负并
未实现,甚至连一丝希望也难见到。"常恐先朝露,填

沟壑,坟土未干,而身名并灭"(《求自试表》)。这首诗所表现的正是这种心境。写作时间在明帝太和初年。

南国佳人,艳若桃李,自由自在,本当令人羡慕,但她也有痛苦。痛苦之一,是"时俗薄朱颜",社会风尚轻视甚至鄙薄红颜,没有人欣赏她的容貌,也没有人赏识她的才干。痛苦之二,不经意之间,她已容颜渐衰,美人迟暮,更难企盼为人赏识、施展才干的机会。

这首诗通篇以佳人作喻。曹丕即位时曹植还不到三十岁。在"容华若桃李"的时代,曹植没有受到重用,相反,受到的是排斥、打击和迫害,他的才干未曾得到丝毫施展。而现在,已经到了迟暮之年,不要说一展怀抱,就是连性命也难持久。在曹叡即位后的五六年,虽年仅四十一岁,曹植便带着不平、愤恨和遗憾,离开了人世,"荣耀"从此永远消逝。

美　女　篇①

美女妖且闲②,采桑歧路间。柔条纷冉

冉③，落叶何翩翩。攘袖见素手④，皓腕约金环⑤。头上金爵钗⑥，腰佩翠琅玕⑦。明珠交玉体⑧，珊瑚间木难⑨。罗衣何飘飘，轻裾随风还⑩。顾盼遗光采，长啸气若兰。行徒用息驾⑪，休者以忘餐。借问女何居，乃在城南端。青楼临大路⑫，高门结重关⑬。容华耀朝日⑭，谁不希令颜⑮。媒氏何所营⑯，玉帛不时安⑰。佳人慕高义⑱，求贤良独难。众人徒嗷嗷⑲，安知彼所观⑳。盛年处房室㉑，中夜起长叹。

① 美女篇：乐府诗题，属《杂曲歌辞·齐瑟行》。

② 妖且闲：美丽而优雅。闲，通"娴"。《洛神赋》："仪静体闲。"

③ 冉冉：下垂的样子。

④ 攘袖：挽起袖子。

⑤ 约：束。

⑥ 爵钗：即"雀钗"，雀形的发钗。

⑦ 琅玕(láng gān)：类似于珠子的石子。

⑧ 交：连,络。

⑨ 间：与。木难：即"祖母绿",一种出于大秦的珠宝。

⑩ 还(xuán)：同"旋"。

⑪ 行徒：路人。　用：因此。

⑫ 青楼：美女所居之楼,与后代指称妓院者有别。

⑬ 重关：重门。

⑭ 容华：见前《杂诗》(南国有佳人)注。

⑮ 希：慕。　令颜：美颜。

⑯ 营：为。

⑰ 玉帛：纳采赠送的礼物。　安：定。此指定亲。

⑱ 高义：高尚的行为。

⑲ 嗷嗷：愁叹声。

⑳ 观：一作"欢"。

㉑ 盛年：指美好的年华。

　　这首诗以美女盛年未嫁,比喻自己怀才不遇,未能为世所用。其作年当与《杂诗》(南国有佳人)相近。

　　钟嵘说曹植诗源出《国风》,这一方面似就其怨刺而言(曹植在曹丕、曹叡父子的倾轧、迫害下,怨怒发而为诗);另一方面,大约是就其继承和发扬《诗经》、汉乐府民歌的优良传统而言。我们说过,曹植对民间文学相当关注,相当熟悉,如《美女篇》,即有明显模仿汉乐府《陌上桑》的痕迹:一是都以美丽的女子为主角;二是都以采桑为叙事缘起;三是都以铺叙手法描绘美女的穿戴;四是都以行人的赞叹来衬托女子的美貌。

《美女篇》虽然明显模仿《陌上桑》,但二诗仍有很大的不同。《陌上桑》歌颂秦罗敷不为有权有势的使君所诱惑,《美女篇》则借美女盛年独处空房以表达不为世所用的慨叹。这是其一。其二,《陌上桑》情调诙谐轻松,最后以众人盛赞罗敷的夫婿作结,颇有喜剧效果;而《美女篇》看似轻松,实则用笔凝重,"盛年处房室,中夜起长叹"的结尾,颇具悲剧气氛。其三,二诗繁简不同。《陌上桑》写罗敷的穿戴,只有"头上倭堕髻,耳中明月珠。缃绮为下裙,紫绮为上襦"四句;而《美女篇》则多达八句,而且所写由穿戴而及体态、肤色、眼神、气息,明显繁富得多。《陌上桑》写行者、少年、耕者忘情观看罗敷以衬托其美,一连用了八句的篇幅,惟妙惟肖;

而《美女篇》只用了"行徒"两句。

当然,如果仅仅因此说曹植的诗有类闾里风谣,则很不全面,"词采华茂"(钟嵘《诗品》上)仍是曹植诗的一大特点。因为从总体上看,曹植诗有吸收民歌民谣的一面,而另一方面,他的诗也相当的文人化,不仅十分注重个性的张扬,表现其特有的思想和情感,而且很注重词采的华丽,以求文情并茂。我们在分析他的《公宴》诗时曾指出,曹植很善于炼词炼字。本诗在描写美女时,把她采桑的衣饰体态加以贵族化(《陌上桑》的描写虽然也很华美,但属于一种理想化的华美),"攘袖"八句,由手上看起(因采桑手高于头),而头上,而腰身,而裙下,而身体周围的如兰气息,手饰、头饰、衣饰等,炫人眼目,再加上顾盼生姿的眼神和令人心醉的气息,铺叙刻画,简直是一篇《美女赋》。曹丕的诗已有词采华丽的倾向,但比起曹植来,不免有所逊色。

此外,钟嵘还评说曹植的诗"骨气奇高","情兼雅怨,体被文质"。就本诗而言,寄慨遥深,内涵丰富,雅而不俗,雅中见怨,不仅以文胜,而且文质相被。历代都认为《美女篇》当是曹植的代表诗作,无疑是有道理的。

杂　诗

　　西北有织妇①,绮缟何缤纷②。明晨秉机杼③,日昃不成文④。太息终长夜,悲啸入青云。妾身守空闺,良人行从军。自期三年归,今已历九春⑤。飞鸟绕树翔,嗷嗷鸣索群。愿为南流景⑥,驰光见我君。

① 织妇:指织女星。

② 绮缟:有花纹的精细丝织品。

③ 明晨:清晨。　秉:持。　机杼:织布机上的梭子。

④ 昃(zè):太阳偏西。文:花纹。这里指代丝织品。

⑤ 九春:指三年。一年之中有孟、仲、季三春。

⑥ 南流景:指月光。

　　本诗咏织妇对长期从军不归的夫君的思念。不一定有寄托。作年未详。

天上的牛、女星，曾引起历代诗人许许多多丰富的联想，并编织出美丽动人的故事。早在先秦，织女就已出现在《诗经》里："跂彼织女，终日七襄。虽则七襄，不成报章。"（《小雅·大东》）那时，织女只徒有虚名，连布也不会织，其与牵牛为一对恋人的传说大概也还没有出现。汉末《古诗十九首》中有一首写道：

> 迢迢牵牛星，皎皎河汉女。纤纤擢素手，札札弄机杼。终日不成章，泣涕零如雨。河汉清且浅，相去复几许？盈盈一水间，脉脉不得语。

织女牵牛隔河相望，不得言语，喻人间思妇游子的相思。曹植诗前六句也落笔在织妇身上，也写她终日弄机杼而成天织不出布来。什么原因呢？与《迢迢牵牛星》不一样，这位织妇是因为思念已从军三年而未归来的"良人"，全无心思织布了。"自期"二字很值得玩味。良人从军，什么时候归来？谁也说不清。自以为三年可以归来，自己希望他三年能够归来。然而如今已历"九春"，仍不见"良人"身影。其思念之切,从侧面反映了战争的连年不息。

《迢迢牵牛星》的结尾有些无可奈何,而这首诗则作幻想语。表面看,这似乎比较积极;而实际上,人是不可能化为南流的月光的,当然更难驰光去见"我君"。这种幻想,只能是一种痴想。而其情愈痴,其心愈苦。隔河相望的织女,原本于虚拟的神话,可曹植诗中的"织妇",却是活生生的社会现实。

鰕䱇篇①

鰕䱇游潢潦②,不知江海流。燕雀戏藩柴,安识鸿鹄游③?世事此诚明④,大德固无俦⑤。驾言登五岳⑥,然后小陵丘。俯观上路人⑦,势利惟是谋⑧。高念翼皇家⑨,远怀柔九州⑩。抚剑而雷音⑪,猛气纵横浮⑫。泛泊徒嗷嗷⑬,谁知壮士忧⑭?

① 鰕䱇篇：乐府诗题，属《相和歌辞·平调曲》。鰕，通"虾"。
　一说即"鲵"，一种小鱼。䱇(shàn)，即"鳝"。黄鳝一类。

② 潢：小水坑。潦：雨水。

③ "燕雀"二句：《史记·陈涉世家》："燕雀安知鸿鹄之
　志哉！"

④ "世事"句：一作"世士诚明性"。

⑤ 俦：匹，比。

⑥ 言：语助词，无义。

⑦ 上路：指仕途。

⑧ "势利"句：惟谋势利。

⑨ 高念：上念。一作"仇高"。　翼：辅助。

⑩ 远怀：远思。　柔：安定。

⑪ 而：如。　雷音：雷霆之震。

⑫ 浮：指洋溢。

⑬ 泛泊：即"纷泊"。浮沉飘荡的样子。

⑭ 壮士：曹植自指。

　　鰕䱇之渺小，江海之浩瀚；燕雀之志之局狭，鸿鹄之
志之宏远；五岳之巍峨高耸，陵丘之低矮渺小：诗人用

了三组对比,最终引出仕宦之徒唯谋势利和壮士抚剑猛气志在报国,构思可谓别出心裁。

曹植长于文学,却以为辞赋是小道。"顾西尚有违命之蜀,东有不臣之吴",他把更多的心思用在建功立业上,一则辅翼皇家(曹魏政权),希望国家巩固;再则"欲混同宇内,以致太和"(《求自试表》),协助曹氏统一中国。但是,曹植所处的地位和境况,注定他的宏伟抱负难以实现。虽然他不顾世俗反对,上了《求自试表》,以期报效朝廷,但他自己每每也有清醒的认识:"夫自衒自媒者,士女之丑行也;干时求进者,道家之明忌也。""冒其丑而献其忠,必为朝士所笑。"登五岳而小陵丘,"俯观上路人",诗人以居高临下之势藐视那些处处作梗掣肘的嗷嗷小人,抚剑雷音,猛气纵横,既可见诗人的豪迈气概,也可见当时社会的势利龌龊。

桂 之 树 行[①]

桂之树,桂之树,桂生一何丽佳[②]!扬朱华

而翠叶③，流芳布天涯。上有栖鸾，下有盘
螭④。桂之树，得道之真人，咸来会讲，仙教尔
服食日精⑤。要道甚省不烦⑥，淡泊无为自然。
乘跻万里之外⑦，去留随意所欲存⑧。高高上
际于众外⑨，下下乃穷极地天。

① 桂之树行：乐府诗题，属《杂曲歌辞》。

② 丽佳：佳丽。

③ 扬：披。

④ 盘：一作"蟠"。

⑤ 日精：朝霞。

⑥ 要道：至道，即长生不老之道。

⑦ 乘跻：见前《升天行》（乘跻追术士）注。

⑧ 存：念。

⑨ 众外：指高空。

我们说过，曹操的某些游仙诗为宴会演唱而作，其
实他自己是不相信神仙的。曹植的情形可能和曹操相

同,例如本诗和另一首《平陵东》:

> 阊阖开,天衢通,被我羽衣乘飞龙。乘飞龙,与
> 仙期,东上蓬莱采灵芝。灵芝采之可服食,年若王
> 父无终极。

都可能是为宴饮宾客演唱而作。但是,也有与曹操不完全相同的。曹植对神仙的态度或许要复杂一些,在《赠白马王彪》一诗中他曾说过:"虚无求列仙,松子久吾欺。"就是说,他未必没有信过仙,求过仙,而任城王曹彰的暴死,才使他对列仙产生怀疑。在曹丕、曹叡当政的时代,曹植一直受到打击、迫害,始终处在十分痛苦的境况之中。为求解脱,他的精神当然需要有一种寄托,一种慰藉。而在那个时代,除了神仙,除了祈求连自己都不太相信的长生不老,他别无选择。他的苦闷情绪,只有借此才能得到暂时的宣释。

这首诗虽然讲的是升仙得道之乐,但与人间生活并没有完全脱钩。桂之树,使人很容易想到《楚辞·招隐士》"桂树丛兮山之幽",想到避世隐遁之人。值得注意

的是，这避世隐遁之人，是人间世的人，而不是天上的神
仙。其次，淡泊、无为、自然，是道家的主张，也是道家的
处世之法。曹植处在曹丕、曹叡父子的高压下，动辄得
咎，为求生存，避世、淡泊、无为、自然，无疑都成了减少
曹丕、曹叡对他猜忌的处世良方。

五　游　咏①

　　九州不足步，愿得凌云翔。逍遥八纮外②，
游目历遐荒。披我丹霞衣③，袭我素霓裳。华
盖芳晻蔼④，六龙仰天骧⑤。曜灵未移景⑥，倏
忽造昊苍⑦。阊阖启丹扉⑧，双阙曜朱光⑨。徘
徊文昌殿⑩，登陟太微堂⑪。上帝休西櫺⑫，群
后集东厢。带我琼瑶佩，漱我沆瀣浆⑬。蹦蹦
玩灵芝，徙倚弄华芳⑭。王子奉仙药⑮，羡门进
奇方⑯。服食享遐纪⑰，延寿保无疆。

① 五游咏：乐府诗题，属《杂曲歌辞》。

② 八纮：八方极远之地。据《淮南子·墬形训》，九州之大方千里。九州之外有八殥，亦方千里。八殥之外有八纮，八纮之外有八极。

③ 丹霞衣：与下文"素霓裳"，都是想象中神仙的衣裳。

④ 华盖：状如花葩的车盖。华，通"花"。 晻蔼：蓊郁的样子。

⑤ 骧：马昂首而弛。

⑥ 曜灵：太阳。 景：影。

⑦ 造：到达。 昊苍：苍天。

⑧ 阊阖：天门。

⑨ 双阙：天门外的两座望楼。

⑩ 文昌殿：天上殿名。文昌，星名。

⑪ 登陟：登升。 太微堂：天上堂名。太微，星名。

⑫ 休：一作"伏"。 櫺（líng）：窗櫺。

⑬ 沆瀣（xiè）：夜半之气。清露之类。

⑭ 徙倚：徘徊。

⑮ 王子：指仙人王子乔。

⑯ 羡门：指仙人羡门子高。

⑰ 遐纪：高龄。

　　谢灵运在《拟魏太子邺中集·平原侯植》序中说："公子不及世事，但美遨游。然颇有忧生之嗟。"前一句话，是就曹植早年生活说的，后半句话，是就其后期生活说的。曹植后期的生活，种种忧患一直困扰着他，当他深感生活在人世间不仅没有乐趣，而且连生命也没有多大保障的时候，他不能不有出尘之想。天下之大，大到九州，而九州之大，竟然无一处可以让他立足，这样的人间，当然没有什么可以值得留恋。因此，他想借得凌风之翼，遨游逍遥于八纮之外，游目骋怀于遐荒之中。他想象要以丹霞为衣，素霓为裳，以龙为马，倏忽万里，让仙人王子乔供奉仙药，让羡门子高进献长生不老的奇方。他的生命，将在那里得以永恒。诗人的抒写，表面上十分愉悦，而内心却充满了难以名状的痛苦。

　　曹植这类游仙之作物象瑰奇，想象力极为丰富，他常常融合许多古代的神话传说和故事，再加上一系列自己虚拟的景象，令人心迷目眩。曹植这类作品，对晋代郭璞的《游仙诗》有直接影响，对后世的一些作品，例如李白的《古风》、《梦游天姥吟留别》等，也有不少启示。

远　游　篇①

　　远游临四海，俯仰观洪波。大鱼若曲陵②，承浪相经过。灵鳌戴方丈③，神岳俨嵯峨④。仙人翔其隅，玉女戏其阿⑤。琼蕊可疗饥⑥，仰首吸朝霞。昆仑本吾宅⑦，中州非我家⑧。将归谒东父⑨，一举超流沙⑩。鼓翼舞时风⑪，长啸激清歌⑫。金石固易敝，日月同光华。齐年与天地，万乘安足多⑬。

① 远游篇：乐府诗题，属《杂曲歌辞》。

② 曲陵：形容鱼背高低如山陵。

③ 灵鳌：神话传说中的巨龟。　戴：犹言背负。　方丈：神话传说中渤海五座神山之一。

④ 俨：昂头。这里有高的意思。

⑤ 玉女：太华山神女。　阿：山曲处。

⑥ 琼蕊：玉屑之类。琼，美玉。

⑦ 昆仑：山名。传为神仙居所。

⑧ 中州：指中国。

⑨ 归：指归昆仑。东父：东王公，传说中的神仙。

⑩ 流沙：沙漠。

⑪ 时风：和风。

⑫ 激：扬。

⑬ 万乘：指天子。古代天子兵车万乘，公侯千乘，故称。

　　多：称美。

　　《楚辞》有《远游》篇，东汉王逸为之解题，以为：

> 　　《远游》者，屈原之所作也。屈原履方直之行，
> 不容于世。上为谗佞所谮毁，下为俗人所困极，章
> 皇山泽，无所告诉。乃深惟元一，修执恬漠。思欲
> 济世，则意中愤然，文采铺发，遂叙妙思，托配仙人，
> 与俱游戏，周历天地，无所不到。

曹植的《远游篇》（还有《五游咏》等）即取屈子《远游》
之意。曹植何尝不是屡受谗毁，思欲济世有所作为而不
能，又无处倾诉？“悲时俗之迫阨兮，愿轻举而远游”，
这是屈原《远游》的头两句，也是曹植写作《远游篇》的

出发点。

比起《五游咏》,这首诗似写得更为激愤。"九州不足步",写得还较为委婉;"中州非吾家",一"非"字,则把人世间的一切,包括君臣关系等等,全给否定了。《五游咏》对神仙世界非常向往,在那里不仅很自由很愉快,而且可以长生不老。这首诗也表现这方面的内容,其与《五游咏》稍有不同的是,诗人还进一步用神仙世界来否定人间世界。在天界,不仅可以与日月同光,与天地齐寿,在神仙看来,弃万乘有如弃敝屣,天子帝王之尊又何足挂齿! 曹植对人间的生活是彻底地失望了,所以通过超现实的方式,一而再、再而三地反抗,以泄其满腔忧愤。

豫 章 行①

穷达难豫图②,祸福信亦然。虞舜不逢尧,耕耘处中田③。太公不遭文,渔钓终渭川④。不见鲁孔丘⑤,穷困陈蔡间⑥。周公下白屋⑦,

天下称其贤。

① 豫章行：乐府诗题，属《相和歌辞·清调曲》。

② 豫图：预计。

③ "虞舜"二句：相传舜曾耕于历山，渔于雷泽，陶于河滨。尧
发现了他，遂加以重用。假如舜没有碰到尧，将毕生农耕
于田中。

④ "太公"二句：太公（吕尚）在渭水边垂钓，周文王外出打猎
遇到他，后立他为师。

⑤ 鲁孔丘：孔子，名丘，鲁国人。

⑥ "穷困"句：孔子曾在陈、蔡间遭到陈、蔡大夫发兵围攻。孔
子绝粮，弟子也饿得站不起来。陈，春秋国名，在今河南、
安徽一带。蔡，春秋国名，在今河南上蔡、汝南县境。

⑦ 白屋：贫贱者所居。

这首诗表面上是讨论穷与达难于预料的问题，实际
上则表达诗人守志并希冀为世所用的愿望。

"达"与"穷"是一对相反的概念，"达"是指得志、
显贵、仕途顺畅，"穷"是指失志、位贱，仕途不畅。在曹

植看来,穷达和祸福一样,都很难预料,都有一定的偶然性。舜和太公(吕尚)如果不碰上尧和周文王,一个将老死在陇亩之中,一个将不免终身垂钓渭川的贫贱命运。这似乎都是曹植自我安慰的话,但他又何尝不想遇上尧、碰上文王呢?穷达虽然不可预料,但"穷"在一定的条件下却可以转变成"达",舜和太公就是一个很好的例子。孔子也有穷困的时候,孔子困于陈、蔡之间,几遭不测。曹植认为孔子在困阨时能坚守其志,是自己的榜样。最后,曹植希望执政者能像周公那样甄拔人才,自己或能为世所用,将"穷"转化为"达"。曹植写这首诗时比较冷静,不像写《五游咏》、《远游》那样愤激。

这首诗共十句,除首二句总论穷达之理,其余八句用了四个历史故事,以叙事代替说理,而理亦在其中。西晋左思《咏史八首》在文学史上很著名,其中第七首通过咏史也讲了穷达的道理:

> 主父宦不达,骨肉还相薄。买臣困采樵,伉俪不安宅。陈平无产业,归来翳负郭。长卿还成都,壁立何寥廓。四贤岂不伟,遗烈光篇籍。当其未遇

时，忧在填沟壑。英雄有屯邅，由来自古昔。何世
无奇才，遗之在草泽。

前面八句分别讲了主父偃、朱买臣、陈平、司马相如四件
事，后八句则为议论。左思这首咏史诗明显承袭了曹植
的《豫章行》，仅章法上有所变化而已。曹植诗结尾不
著议论，比较简洁更耐人深味，显得古质浑厚。左思一
生所写的诗不是很多，包括这首"主父宦不达"在内的
《咏史》，历来备受称道。曹植名篇很多，一般选本限于
篇幅，无暇顾及《豫章行》，也未可苛求。

豫　章　行

鸳鸯自朋亲^①，不若比翼连^②。他人虽同
盟，骨肉天性然。周公穆康叔^③，管蔡则流
言^④。子臧让千乘^⑤，季札慕其贤^⑥。

① 鸳鸯：喻朋友。

② 比翼：比翼鸟。

③ 周公：见前曹操《短歌行》注。 穆：和睦；亲厚。 康叔：
名封，周文王幼子，武王同母弟，初封于康，故称康叔。

④ 管蔡：武王之弟叔鲜和叔度。叔鲜封于管，称管叔；叔度封
于蔡，称蔡叔。周武王死时，成王年幼，周公摄政。管、蔡
散布流言，说周公将不利于成王。

⑤ 子臧：春秋时曹国公子。曹宣公卒，诸侯要立子臧为曹君，
子臧逃避于宋国。 千乘：指君位。

⑥ 季札：春秋时吴国公子。据《左传·鲁襄公十四年》载，吴
国将立季札为君，季札引子臧避臣位为例，并说："愿附于
子臧，以无失节。"

　　本诗前半讲天下之亲，莫若骨肉之亲；后半则通过
咏周公、子臧、季札，隐约表达自己忠于王室的心迹。

　　早在曹丕尚未继承王位之前，司马懿、陈群、吴质、
朱铄已成为曹丕的四友，帮助他继承了王位。曹丕登
基，传至曹叡，对同姓公族越来越疏远，对异姓之臣如司
马氏等越来越重用，曹植甚感忧虑，他在《求通亲亲表》
一文中论述骨肉之亲对政权巩固的重要性道：

　　盖尧之为教，先亲后疏，自近及远。其《传》
曰："克明峻德，以亲九族，九族既睦，平章百姓。"
及周之文王，亦崇厥化……周公吊管蔡之不咸，广
封懿亲，以藩屏王室。《传》曰："周之宗盟，异姓为
后。"诚骨肉之恩，爽而不离，亲亲之义，实在敦固。
未有义而后其君，仁而遗其亲者也。

而在明帝时代，实际情况是："婚媾不通，兄弟乖绝，吉
凶之问塞，庆吊之礼废。恩纪之违，甚于路人；隔阂之
异，殊于胡越。"骨肉疏远到如此地步，实在令人叹息。

　　那么，明帝为什么如此呢？主要原因当然还是出于
防范。对骨肉之亲的排斥、打击、倾轧始于曹丕，而曹叡
则变本加厉。处在这种重压下又一心想要建功立业的
曹植，心情相当复杂，既想全身远祸，又想建立功名。而
要建立功名，则必须有实权，受到重用，所以他一再表白
与曹丕、曹叡是骨肉至亲，自己受到重用对曹魏只有百
利而无一害，自己所做是周公、子臧、季札一类贤人的行
为，并没有野心，等等。其实，曹植并没能意识到，曹丕、
曹叡最放心不下的就是他们之间的血缘关系，就是他这

种强烈的"参政"和建功意识。从派给他不超过二百人的下才之类僚属和残老兵丁这件事,曹植本就该有所醒悟了,但他太书生气了。因为一两篇诗歌的表白,一两篇求试求通亲的表文,能改变他的命运吗? 答案显然是否定的。

当欲游南山行①

东海广且深,由卑下百川。五岳虽高大,不逆垢与尘②。良木不十围,洪条无所因③。长者能博爱,天下寄其身④。大匠无弃材,船车用不均⑤。锥刀各异能⑥,何所独却前⑦。嘉善而矜愚⑧,大圣亦同然⑨。仁者各寿考,四座咸万年⑩。

① 当欲游南山行:乐府诗题,属《杂曲歌辞》。

② 逆:拒。 垢:滓。

③ 洪条:巨大的枝条。 因:依。

④ 寄：托。

⑤ 不均：不同。

⑥ 异能：功用不同。

⑦ 却前：犹进退。

⑧ "嘉善"句：《论语·子张》："子曰：嘉善而矜不能。"

⑨ 大圣：指孔子。

⑩ "仁者"二句：乐府诗结尾常用的颂祷语。

　　曹操《短歌行》有云："山不厌高，海不厌深。"他希望人才多多益善，以利于建立功业，统一中国。曹植这首诗开头四句，大体与之意旨接近。所不同的是，曹操写的是自己，曹植则希望当政者（可能是曹叡）有"东海"、"五岳"的胸怀襟抱，以容纳各种各样的人才。只有广揽英才，人尽其用，其政权才能巩固，国家才能强大。曹植的用人思想在《陈审举表》一文的开头也有充分的表述：

　　　　五帝之世非皆智，三季之末非皆愚，用与不用，
　　　知与不知也。既时有举贤之名，而无得贤之实，必

各援其类而进矣！谚曰："相门有相，将门有将。"夫相者，文德昭者也。将者，武功烈者也。文德昭则可以匡国朝，致雍熙，稷、契、夔、龙是也。武功烈则所以征不庭，威四夷，南仲、方叔是矣。昔伊尹之为媵臣，至贱也；吕尚之处屠钓，至陋也。及其见举于汤武、周文，诚道合志同，玄谟神通，岂复假近习之荐，因左右之介哉！《书》曰："有不世之君，必能用不世之臣；用不世之臣，必能立不世之功。"

人才有各式各样，不论他们的出身如何，社会地位如何，经历如何，只要是人才，都应重用。而用人的关键是国君，是国君的眼力和魄力。

这首诗除去结尾二句的套语，还有十四句，而其中十句用了五个比喻。也就是说，一首诗主要是由比喻组成的，如果抽去这些比喻，那么这首诗也就不存在了。梁代著名诗歌批评家钟嵘认为，诗由兴、比、赋三种手法构成，对兴比赋必须"酌而用之"，"若专用比兴，患在意深，意深则词踬"。这是就一般作诗的原则而言的，例如阮籍的《咏怀诗》多用比兴，就有"意深词踬"、难于解读的毛病。曹植这首诗，比喻也用得很多，但并没有"意深词踬"的毛病，这主要得力于他对民歌的学习，或者说是民歌对他的滋润与营养。

当 事 君 行[①]

人生有所贵尚[②]，出门各异情[③]。朱紫更相夺色[④]，雅郑异音声[⑤]。好恶随所爱憎，追举逐声名[⑥]。百心可事一君[⑦]，巧诈宁拙诚[⑧]。

① 当事君行：乐府诗题，属《杂曲歌辞》。

② 贵尚：指尊重。

③ 出门：指步入社会。　异情：情志不同。

④ "朱紫"句：意谓善恶相混淆。朱，古为正色，喻善美；紫，为间色，喻丑恶。

⑤ 雅：正声。　郑：淫声。《论语·阳货篇》："子曰：恶紫之夺朱也，恶郑声之乱雅乐也。"

⑥ 声名：一作"虚名"。

⑦ "百心"句：《晏子春秋》："百心不可事一君。"

⑧ "巧诈"句：《说苑·谈丛》："智而用私，不如愚而用公。故曰'巧诈不如拙诚'。"

　　"百心不可事一君"、"巧诈不如拙诚"，这首诗的最后两句引用的都是古代的谚语。一般说来，谚语流传既久，广为引用，不是因为内容比较深刻，就是由于能起到警示作用。据曹植所引，上一句是说事君奉国必须专心，不可三心二意；下一句是说为人必须拙诚不欺，不可巧诈耍弄手腕。曹植写这首诗，可能有感于明帝时期社会风气，尤其是官场龌龊之风而发。是非不分，善恶不分，美丑不分，正邪不分，好坏不分，已经到了令人难于容忍的地步。更有甚者，合党连群，互相褒饰，爱憎全凭自己的好恶，以至白黑颠倒，是非混淆，风气败坏。在这种情况下，曹植试图为之开出疗治的药方，提出吏治的准则：专一，拙诚。应该说，他引用的古语是有说服力的。但是，此时的曹魏大厦已露出倾圮的端倪，单凭一二古谚的独木，又如何撑得起即将腐朽的颓势？

丁晏《曹集铨评》指出这首诗"一句六言,一句五言合韵,别是一格"。在品评曹丕的诗作时我们说过,曹丕非常注重诗歌形式的探讨摸索,他的诗形式种类很多。而曹植这首诗的形式,则是注重形式探讨的曹丕所不曾尝试过的,由此看来,曹植也未尝不注意诗歌形式的探讨与摸索。这首诗不仅在曹植集中别是一格,即使在整个建安诗坛也是别具一格的。

薤 露 行①

天地无穷极②,阴阳转相因③。人居一世间,忽若风吹尘。愿得展功勤④,输力于明君⑤。怀此王佐才⑥,慷慨独不群⑦。鳞介尊神龙⑧,走兽宗麒麟⑨。虫兽犹知德,何况于士人?孔氏删《诗》《书》⑩,王业粲已分⑪。骋我径寸翰⑫,流藻垂华芬⑬。

① 薤露行:见前曹操《薤露行》注。

② 穷极：终极。

③ "阴阳"句：指寒暑阴阳交相替代。因，依。

④ 功勤：功劳。

⑤ 输力：尽力。

⑥ 王佐才：辅佐帝王之才。

⑦ 不群：不同流俗。

⑧ 鳞介：水族。

⑨ 宗：以为宗主。

⑩ "孔氏"句：相传孔子曾删订《诗经》和《尚书》。

⑪ 粲：鲜明。

⑫ 骋翰：指纵笔疾书。

⑬ 藻：文采。　垂：流布。　华芬：有文采的文章。

　　要正确理解这首诗，首先必须了解曹植对于建功立业和著书立说的看法。到底曹植更看重的是什么？最迫切希望的是什么？我们不妨先来看看他早年写给杨德祖的信是怎么说的：

　　　　辞赋小道，固未足以揄扬大义，彰示来世也。

> 昔扬子云先朝执戟之臣耳,犹称壮夫不为也。吾虽
> 薄德,位为藩侯,犹庶几戮力上国,流惠下民,建永
> 世之业,流金石之功,岂徒以翰墨为勋绩,辞赋为君
> 子哉! 若吾志未果,吾道不行,则将采庶官之实录,
> 辨时俗之得失,定仁义之衷,成一家之言,虽未能藏
> 之于名山,将以传之于同好。(《与杨德祖书》)

立功,立德,立言,按照儒家的传统观念,立功是第一位
的,其次是立德,立言最后。早年的曹植,也很自信地将
立功摆在首位,他的辞赋诗歌文章写得好,却认为那些
玩意儿只是"小道",决不能靠这些小道来立身扬名。
只有一种情况下他才会不得已来著述立言,那就是:
"志未果","道不行",立功不成。年轻的曹植,对未来
充满自信,对功业充满自信,"若吾志未果"云云,不过
是为了衬托功业必建的不容怀疑而已。没有想到,随着
曹操的辞世,曹丕、曹叡父子相继为帝,曹植的功业梦终
于在现实面前撞得粉碎。

曹植作《与杨德祖书》时二十五岁,假设他写这首
《薤露行》是在明帝太和初年而不是更晚,那么也才过

去十一二年。"人居一世间,忽若风吹尘",恍若隔世一般。他仍然坚信自己有王佐之才,他仍然抱着"展功勤"的一丝希望,但他也很清楚,一切的努力终将枉然。年轻时所不屑的"以翰墨为勋绩,辞赋为君子"和不得已而为之的"成一家之言",现在成了他生活的唯一慰藉和希望。"骋我径寸翰,流藻垂华芬",初看还有些豪迈,但如果联想曹植早年的志向以及到晚年还孜孜以求的"功勤",细细品味起来,其中应有说不尽的辛酸。

野 田 黄 雀 行①

置酒高殿上,亲友从我游②。中厨办丰膳,烹羊宰肥牛。秦筝何慷慨,齐瑟和且柔。阳阿奏奇舞③,京洛出名讴④。乐饮过三爵⑤,缓带倾庶羞⑥。主称千金寿⑦,宾奉万年酬⑧。久要不可忘⑨,薄终义所尤⑩。谦谦君子德⑪,磬折何所求⑫?惊风飘白日,光景驰西流⑬。盛时不再来,百年忽我遒⑭。生存华屋处⑮,零落归山丘⑯。先民谁不死⑰,知命复何忧?

① 诗题一作《箜篌引》,又作《门有车马客行》。

② 亲友:一作"亲交"。

③ 阳阿:地名,在今陕西凤台西北。一说,阳阿为古代名倡,
其人善舞。亦有指阳阿为艳曲名者。　奏:进。

④ 京洛:指洛阳。曹魏都洛阳,故称。　讴:歌。

⑤ 三爵:三杯,三巡。

⑥ 缓带:宽衣。　倾:尽。　庶羞:各种美味。

⑦ 称:举。

⑧ 万年酬:长寿酒。酬,劝酒。

⑨ 久要:旧约,旧好。

⑩ 薄终:指交友始厚而终薄。　义:道义。　尤:过,过失。

⑪ "谦谦"句:语本《周易·谦》:"谦谦君子,卑以自牧。"

⑫ 磬折:弯腰如磬,形容恭敬的样子。

⑬ 光景:日光。　流:行。

⑭ 逝:终结。

⑮ 华屋处:即处华屋。华屋,绘彩华丽之屋。

⑯ 山丘:喻指坟墓。

⑰ 先民：古人。

　　曹植早年写过一篇《娱宾赋》，有几句说："感夏日之炎景兮，游曲观之清凉。遂衍宾而高会兮，丹帏晔以四张。办中厨之丰膳兮，作齐郑之妍倡。"这首《野田黄雀行》也写置酒高会，口尝中厨丰膳，心赏各地歌舞。那么，是不是同为早期作品呢？《娱宾赋》道："听仁风以忘忧兮，美酒清而肴甘。"是一种悠游轻松的生活。而此诗的光景西流，盛时不再，零落归山丘，情调明显与早期的娱宾之乐不同。据此，本诗当为曹植后期作品。但是曹植当时连连受封瘠土，衣食不继。转封东阿之后，虽物产稍丰，曹叡对诸王控制又稍宽松，曹植即便有举办宴会的条件，但要做到如诗中所写的那样丰盛、气派，似乎不太可能。所以，此诗前半部分的娱宴描写显然只是曹植记忆中的一些场景。

　　诗的上半部分写娱宴，下半部分引入议论。"盛时不再来"，从年龄来说应是壮年时候，从经历来说则是娱宴贵游的生活。"惊风飘白日"，一方面是说时间过得极快,但"惊风"之"飘",也昭示自己命运之转折。曹植写这首诗时大约三十多岁,最多是四十边上,可他却已预感来日无多,生命似乎快要走到尽头。从"华屋"到"山丘",从生存到死亡,形成了强烈的反差。开篇极为欢愉,而后半部分愈写愈悲。"先民谁不死,知命复何忧?"故作达观语,而愈见其情悲苦。

由于前半部分的娱宴写得极为欢乐,文字也极为华美,一下很难"知其所寄之所在"。而通读全诗,写的却是苦情,是悲叹盛时不再,人生短暂。清人陈祚明评说:"华壮,悲凉,无美不备。"(《采菽堂古诗选》卷六)应该说从内容到形式,都对此诗作了很好的概括。

当来日大难①

日苦短,乐有余,乃置玉樽办东厨②。广情故③,心相于④。阖门置酒,和乐欣欣⑤。游马后来,辕车解轮⑥。今日同堂,出门异乡。别易会难,各尽杯觞。

① 当：代。即拟作。　来日大难：乐府古辞《善哉行》首句，此取以命题。

② 办：置备。

③ 情故：情愫。

④ 于：厚。

⑤ 欣欣：欢乐的样子。

⑥ 解轮：喻主人殷勤留客之至意。据《后汉书·陈遵传》：陈遵性好客，每逢宴会，常将客人车子的车轴头取下投入井中，以使他们留下。

　　清陈沆《诗比兴笺》诠解曹植诗三首，《当来日大难》是其中一首。陈沆说："此即《圣皇篇》、《白马王篇》之旨也。今日同堂，出门异乡，骨肉分离，手足胡越，所谓涕泣而道之也。"（卷一）虽然不无道理，终觉有些勉强。

　　曹植写宴会的诗，除了这一篇，还有《野田黄雀行》和《当车以驾行》等。《野田黄雀行》由宴会的极乐引出生死的极悲。《当车以驾行》似只是一般地描写宴会之

盛,可能是用于宴享仪式的歌唱:

> 欢坐玉殿,会诸贵客。侍者行觞,主人离席。顾视东西厢,丝竹与鞞铎。不醉无归来,明灯以继夕。

情调比较欢快,无甚深意。《当来日大难》既无《野田黄雀行》的深沉,也不似《当车以驾行》的一味欢愉,它似乎想通过宴会的聚散,说明一个道理:天下没有不散的宴席。宴会再丰盛,气氛再融洽,主人再盛情,宴席还是要散的。"别易会难,各尽杯觞"颇耐寻味,与后来沈约暮年送老友范岫所云"勿言一尊酒,明日难重持"(《别范安成》)一样,充满了悲凉情绪。曹植时当壮年,却有这般感伤,如此忧心,不能不令人同情。

妾　薄　命①

> 日月既逝西藏,更会兰室洞房②。华灯步障舒光③,皎若日出扶桑④。促樽合座行觞⑤。

主人起舞娑盘⑥,能者穴触别端⑦。腾觚飞爵阑干⑧,同量等色齐颜⑨。任意交属所欢,朱颜发外形兰⑩。袖随礼容极情⑪,妙舞仙仙体轻。裳解履遗绝缨⑫,俯仰笑喧无呈⑬。览持佳人玉颜⑭,齐举金爵翠盘。手形罗袖良难⑮,腕弱不胜珠环⑯。坐者叹息舒颜⑰。御巾裹粉君傍⑱,中有霍纳都梁⑲。鸡舌五味杂香⑳,进者何人齐姜㉑,恩重爱深难忘。召延亲好宴私㉒,但歌杯来何迟。客赋既醉言归,主人称露未晞㉓。

① 妾薄命:乐府诗题,属《杂曲歌辞》。

② 更会:复会。指白昼的欢会延续至夜晚。　兰室洞房:指环境幽雅深邃的房室。

③ 步障:路旁的帷障。　舒光:布吐光辉。一作"辉煌"。

④ 扶桑:神木名。传说太阳从扶桑升起。

⑤ 促:近。　行觞:行酒,传杯。

⑥ 娑盘:即媻娑,同"婆娑"。

⑦ 能者：指舞者。　穴触别端：形容舞态侧则相触，正则相分。穴，侧。别，分。端，正。

⑧ 觚（gū）、爵：均酒器名。一升曰爵，二升曰觚。　阑干：横斜的样子。

⑨ 量：指酒量。　色、颜：指面颜酒色。

⑩ 形兰：兰形。指美女体态如兰。

⑪ 礼容：犹体容，指体态姿容。

⑫ 裳解：解裳。　履遗绝缨：均形容酒宴的杂乱及男女的失态。《史记·滑稽列传》："男女同席，舄履交错。"又，据《说苑·复恩》：战国时楚庄王宴饮群臣，灯烛灭，有人拉美人的衣服，美人绝其冠缨以告王。缨，帽子上的缤子。

⑬ 呈："程"的省文，法度。

⑭ 览：通"揽"。

⑮ 手形罗袖：手臂见于罗袖之外。　良难：甚难。

⑯ "腕弱"句：形容美女娇弱，连珠环佩带都似力所不胜。

⑰ 坐者：指观赏者。　舒颜：舒展容颜，指露出笑容。

⑱ 御：进。　裛（yì）粉：用香粉熏衣。

⑲ 霍纳：藿香。　都梁：香料名，形如藿香。一说，为兰花。

⑳ 鸡舌：丁香。　五味：香料名。

㉑ 齐姜:《诗经》中美女名。此泛指美女。

㉒ 延:延请。　宴私:隐指荒淫之宴。

㉓ 晞:干。

　　宋本及今本《曹子建集》有《妾薄命》二首,第一首是:

　　　　携玉手,喜同车,比上云阁飞除。钓台蹇产清虚,池塘观沼可娱。仰泛龙舟绿波,俯擢神草枝柯。想彼宓妃洛河,退咏汉女湘娥。

但《艺文类聚》则合为一首。从形式上看,都是六言;从内容上看,都写与美女欢会。上一首是白昼,下一首(即本书所选)是夜晚。

　　《妾薄命》是乐府诗题,三曹的乐府诗很多,其内容往往与诗题无关,所以读曹植这首诗也不必拘泥于题目的意思,将其解释为抒写红颜薄命,或进一步引申为自伤不遇云云。这首诗,写曹魏权贵追逐声色,纵情酒宴歌舞的淫靡生活,其重点一是奢侈,一是淫乱。奢侈方

面,除了排场的豪华,服饰的鲜丽,器皿的高贵,更多的
是罗列常见和罕见的香料。淫乱方面,除了美女的容颜
体态,还具体到一些动作,例如解裳、遗履、绝缨、俯仰、
笑喧、揽持、舒颜,极写其夜生活的荒唐。从一个侧面反
映出明帝时期上层统治者的荒淫生活。整首诗写得非
常浓艳,作者用极为华丽的文辞描绘甚为浪荡的享乐场
面,这是他的高明之处。

名　都　篇①

　　名都多妖女②,京洛出少年③。宝剑直千
金,被服丽且鲜。斗鸡东郊道④,走马长楸
间⑤。驰骋未能半,双兔过我前。揽弓捷鸣
镝⑥,长驱上南山。左挽因右发⑦,一纵两禽
连⑧。余巧未及展,仰手接飞鸢⑨。观者咸称
善,众工归我妍⑩。我归宴平乐⑪,美酒斗十
千。脍鲤臇胎鰕⑫,炮鳖炙熊蹯⑬。鸣俦啸匹

侣⑭,列坐竟长筵。连翩击鞠壤⑮,巧捷惟万端。白日西南驰,光景不可攀⑯。云散还城邑,清晨复来还。

① 名都篇:乐府诗题,属《杂曲歌辞·齐瑟行》。

② 名都:指洛阳、邯郸一类大城市。 妖女:美女。

③ 京洛:京城洛阳。

④ 斗鸡:魏明帝曾在洛阳建斗鸡台。

⑤ 走马:指驰马争先。 长楸:大梓。

⑥ 捷:抽取。 鸣镝:响箭。

⑦ 因:就。

⑧ 两禽:指双兔。

⑨ 鸢(yuān):鹞鹰之类。

⑩ 众工:众射手。 归我妍:一致称赞我射技精妙。

⑪ 平乐:平乐观,汉明帝时所建,在洛阳西门外。

⑫ 脍:将肉切细,然后加以和合。 臇(juǎn):做成汁少的羹。 胎鰕:指班鱼。

⑬ 炮:烧烤。 熊蹯:熊掌。

⑭ "鸣俦"句:呼朋唤友。俦,类。

⑮ 连翩：见前《白马篇》注。　击鞠壤：击鞠、击壤，都是古代的游戏。击鞠，踢击囊中塞毛的皮球。击壤，壤用两块木板做成，一头宽，一头尖，长一尺四，宽三寸，一块木板插地，人站在三四十步之外，用另一块板击打，中者为胜。

⑯ 光景：指时间。　攀：挽留。

　　《名都篇》与《白马篇》、《美女篇》都是曹植自创的乐府诗题，都以首句的头两个字作题目。自董卓焚烧洛阳，京城残破不堪，建安元年（196）献帝东还，不得已迁都于许。建安十六年（211），曹植过洛阳，但见“洛阳何寂寞，宫室尽烧焚。垣墙皆顿擗，荆棘上参天……中野何萧条，千里无人烟”（《送应氏》）。曹丕定都洛阳之初，城郊仍然林木杂乱。经过十多年惨淡经营，特别是曹叡为帝之后大兴土木，修建游乐场所（例如建斗鸡台），洛阳终于恢复了昔日的繁华，再加上经济的发展，这就给贵族子弟提供了斗鸡走马、射猎饮宴、寻欢作乐的条件。曹植这首诗并无寄托，它所写的，只是都市富贵子弟游手好闲，终日斗鸡走马，饮宴嬉戏，日复一日，月复一月,虽然也有高强的骑射技艺,但止于佚乐,无益于国家。当然,结尾四句,写的是贵游少年对时间和生命的不能珍爱,实际上也流露出作者对人生易老、寿命不常的忧惧,许许多多的感慨意在言外。

明帝太和年间去汉不远,班固的《两都赋》和张衡的《二京赋》都曾尽可能搜求有关名都的一切名物,杂错陈叙,铺张扬厉,以示博洽。然而,曹植这首诗并未受其影响,诗人只选取少年游乐的片断来概括名都的繁盛。而少年的游乐,又仅取驰骋和宴饮来表现。诗人极力描写驰骋时少年身手的轻捷,射技的精湛,绘声绘色。饮宴则极写物质的丰盛和娱乐的快意。比如丰盛的物质,加上制作方法的精细,闻所未闻,令人叹绝。两晋南北朝的诗歌于描写刻画日趋精细,遣词造句也愈益讲究,这与稍早的建安诗歌,尤其是曹植的努力是有关系的。《名都篇》在内容方面虽然谈不上有多大价值,但在艺术上却有较高的造诣。所以,此诗历代仍备受称赞。

门有万里客[1]

门有万里客,问君何乡人?褰裳起从之[2],果得心所亲[3]。挽衣对我泣,太息前自陈[4]:本是朔方士[5],今为吴越民[6]。行行将复行,去去适西秦[7]。

[1] 门有万里客:乐府诗题,属《相和歌辞·瑟调曲》。

[2] 褰裳:挽起衣裳。裳,下衣。

[3] 亲:爱。

[4] 太息:叹息。

[5] 朔方:北方。

[6] 吴越民:指曹魏派遣前往攻打或防备孙吴的士兵。

[7] 适:前往。 西秦:指西蜀。

旧说以为这首诗是写曹植不断徙都奔走,故寓言成防的万里之客,这似乎有些勉强。诗中"吴越"、"西秦",明显指东吴和西蜀,诗的背景当是曹叡连年东西用兵,征夫戍卒归无定期,百姓劳累,不堪战争重负。

曹操写战争的诗,是在叙事的基础上抒情,有较强的叙事成分。曹丕写战争的诗,叙事成分减弱,抒情成分增强。而曹植写战争的诗篇,例如《白马篇》、《杂诗》("仆夫早严驾"、"飞观百余尺")等,则纯粹为抒情。《白马篇》和两首《杂诗》的抒情主人公都是"我",即诗人自己,而这首《门有万里客》则借"万里客"——征夫戍卒的"自陈"加以抒情,揭示战争、征役给人民带来的苦难,内容与《白马篇》不同,在写作手法上也与《白马篇》有异。在抒情诗中虚拟一个人物,并让他"自陈"或独白,诗人不作评论或议论。这一写法,后来为杜甫《兵车行》等所承袭。《兵车行》也写战争和征役之苦,诗中的"牵衣顿足拦道哭",显然从本诗"挽衣对我泣"衍化而来。杜诗中的"行人",即曹植诗中的"万里客"。杜诗中有行人的"但云",本诗有"万里客"的"自陈"。曹、杜二诗都插入一点叙事成分(有人物、语言),但这种叙事是虚化或者是虚拟的,本质上是为抒情而加以设计的。

曹　植

闺　情①

　　揽衣出中闱②,逍遥步两楹③。闲房何寂寞④,绿草被阶庭⑤。空穴自生风,百鸟翔南征。春思安可忘?忧戚与君并。佳人在远道⑥,妾身单且茕⑦。欢会难再逢,芝兰不重荣。人皆弃旧爱,君岂若平生⑧。寄松为女萝,依水如浮萍。赍身奉衿带⑨,朝夕不堕倾⑩。傥终顾盼恩,永副我中情⑪。

① 闺情:《玉台新咏》作《杂诗》,今从《艺文类聚》。

② 中闱:闺中。

③ 楹:厅前的柱子。

④ 闲房:空而宽的房子。

⑤ 被:通"披"。

⑥ 佳人:良人。

⑦ 茕(qióng):孤独。

⑧ 平生:少年时。

⑨ 赘(jǐ)身：委身。赘，一作"束"。

⑩ 堕：废。

⑪ 副：符合。　中情：内心情感。

曹植的诗文辞赋都作得很好，但他并不满足于做一个诗人或辞赋家。他有理想，有抱负，但由于地位的特殊，曹丕、曹叡对他始终不放心，甚至还对他打击排挤，按照曹植的说法，他的处境比路人还不如。尽管如此，曹植仍然眷恋他的国家，看重曹操为之奠定基础的魏氏江山。他对君王——无论是曹丕还是曹叡，似都不曾彻底失望过，或上表上章，直接陈情；或求自试；或求通亲；无时不忘利用其娴熟的诗歌技艺，以夫妇暗喻君臣关系，委婉表达他希求君王眷顾的心曲，迫切期盼建立良好的君臣关系。

这首诗可能写于明帝时期，用的也是比兴手法。"寄松"、"依水"讲的是同声相应、同气相求，当然这里有主有从，"松"和"水"是主，"女萝"和"浮萍"是从；君王是主，曹植自己是从。从依附于主。作为臣子，不得不依附于君王。但是自从"佳人"远行,君王疏远了自己,欢会难再,作为王室的重要成员,哪里有荣耀可言?诗人希望"佳人"不弃旧爱,垂于顾盼之恩,自己也将一如既往追随奉侍,决无他心。诗写得比较隐晦,但意思仍很清楚。这首诗《玉台新咏》题为《杂诗》,并和"南国有佳人"一首排列在一起,未知是不是都有寄托的缘故。

曹植集中还有另一首《闺情》诗:

> 有一美人,被服纤罗。妖姿艳丽,蒨若春华。红颜韡晔,云髻嵯峨。弹琴抚节,为我弦歌。清浊齐均,既亮且和。取乐今日,遑恤其他。

这首四言情诗,只写美人的艳丽,善于琴歌,所以就谈不上有什么寄托了。